アルプスの少《しょう》女《じょ》ハイジ

作／ヨハンナ・シュピリ
編訳／松永美穂
絵／柚希きひろ

Gakken

物語《ものがたり》ナビ
これからはじまるお話《はなし》を
しょうかいするよ

主人公《しゅじんこう》はハイジ

小《ちい》さいころに両親《りょうしん》をなくし、５歳《さい》でアルプスに来《き》たハイジ。
はじめは、とまどうこともあったけれど、くらすうちに、
山《やま》の生活《せいかつ》がとても気《き》に入《い》りました。

おじいさんとの山《やま》のくらし

おじいさんがひとり住《す》んでいた山小屋《やまごや》に、ハイジも住《す》むことになります。山小屋《やまごや》でのくらしは、とても幸《しあわ》せなものでした。

気《き》むずかしいおじいさんですが、ハイジはすぐに打《う》ちとけます。

おじいさんとハイジの山小屋《やまごや》

スイスの広大《こうだい》な自然《しぜん》が舞台《ぶたい》。物語《ものがたり》に出《で》てくるマイエンフェルトは、実在《じつざい》する、町《まち》の名前《なまえ》です。

アルプスの山《やま》やま

夕《ゆう》ぐれのときに
赤《あか》くそまった山《やま》

アルプスのヤギのむれ

山《やま》のくらしで ハイジをとりまく人《ひと》たち

とつぜん山《やま》に来《き》たハイジ。いろいろな人《ひと》たちと出《で》会《あ》い、成長《せいちょう》していきます。

ペーター

ヤギの世話《せわ》をしている少年《しょうねん》。ハイジとよく牧場《まきば》に行《い》きます。

おじいさん

ハイジのおじいさん。村《むら》の人《ひと》からは気《き》むずかしいと思《おも》われています。

ペーターのおばあさん

目《め》が不自由《ふじゆう》。ハイジと話《はな》すのを楽《たの》しみにしています。

デーテおばさん

ハイジのおばさん。ハイジをアルプスへつれてきます。

読《よ》んでさがしてみてね！

山《やま》のくらしで出《で》てくるアイテム

ハイジのお気《き》に入《い》りの部屋《へや》

はしごをのぼった屋根《やね》うらが、ハイジの部屋《へや》。まどからは、昼《ひる》にはアルプスの山《やま》々《やま》が、夜《よる》には星空《ほしぞら》が見《み》えます。

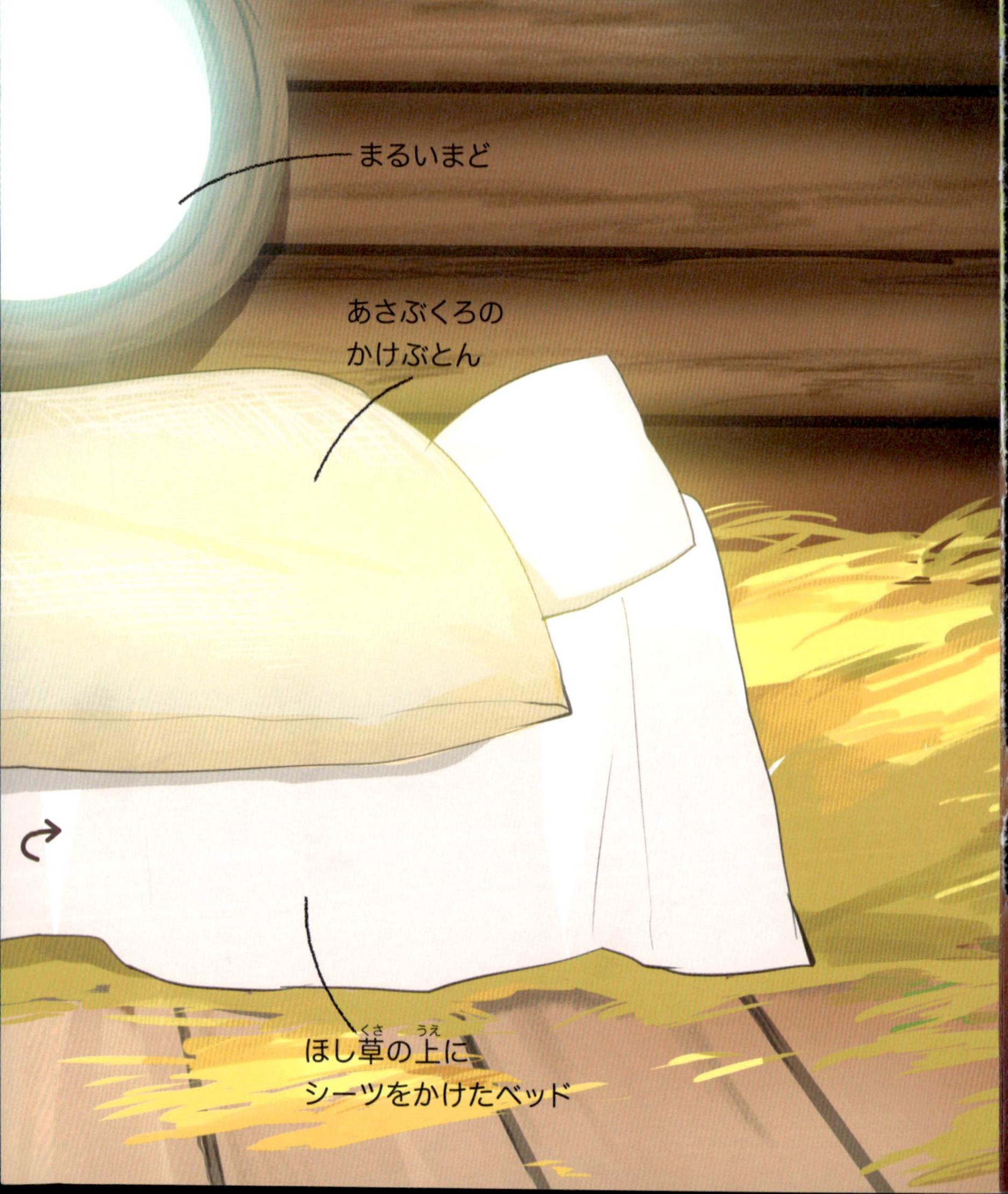

ハイジがくらすアルプスのけしき

マイエンフェルトから山《やま》への道《みち》
アルプスの山村《さんそん》
マイエンフェルトの駅《えき》

アルプスの花《はな》
ゲンチアナ・ヴェルナ
エーデルワイス
ペディクラリス・ヴェルティキラタ

※物語《ものがたり》の中《なか》のイメージです。実際《じっさい》のアルプスのけしきとはことなります。

都《と》会《かい》に行《い》くハイジ

デーテおばさんのしょうかいで、とつぜん大《おお》きな町《まち》に行《い》くことになったハイジ。病気《びょうき》がちなクララの遊《あそ》び相《あい》手《て》として、お金持《かねも》ちのゼーゼマン家《け》にあずけられます。

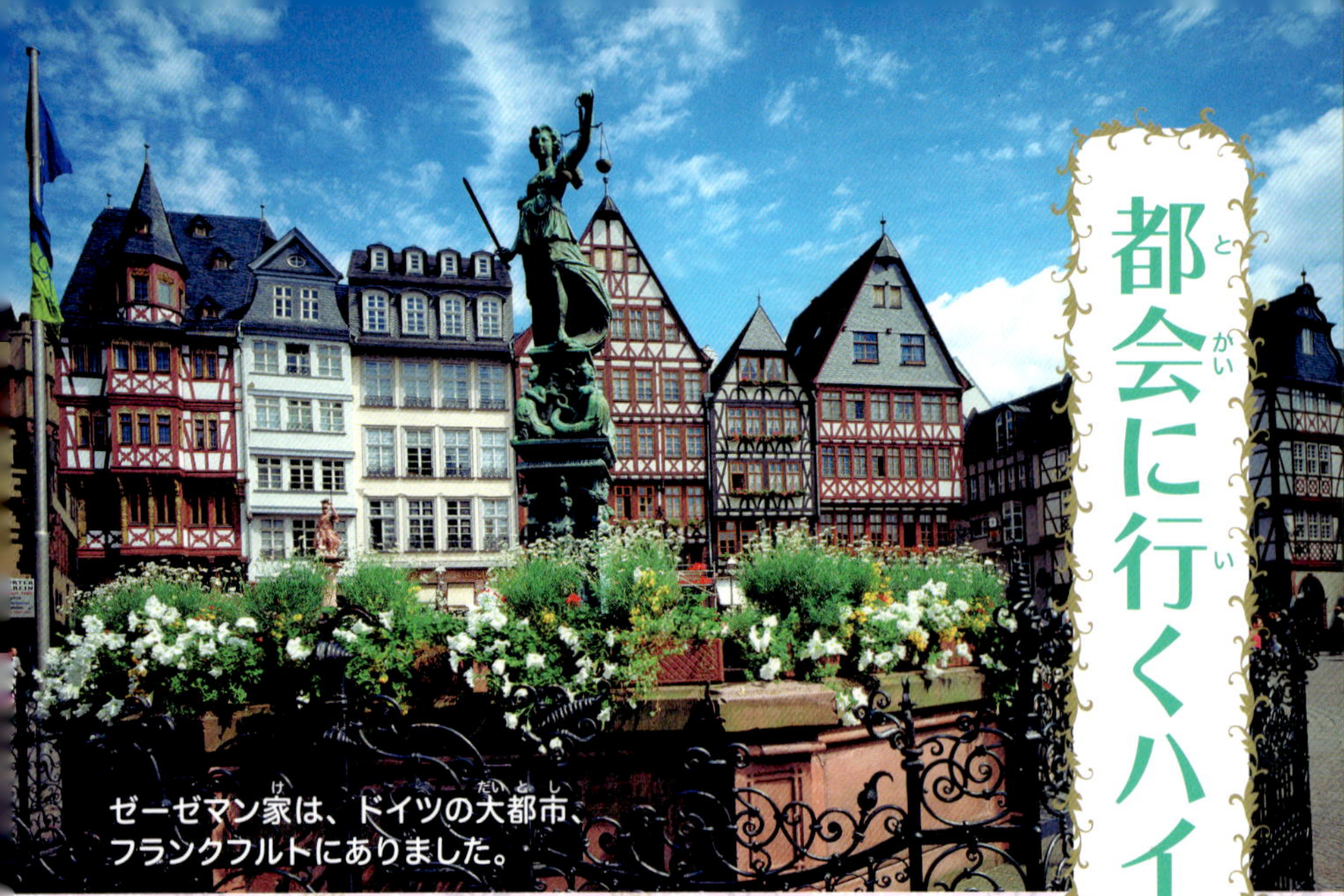

ゼーゼマン家《け》は、ドイツの大都市《だいとし》、フランクフルトにありました。

ゼーゼマン家《け》でのハイジの部屋《へや》

家《いえ》の中《なか》。当時《とうじ》の、お屋《や》しきのおもかげがのこっています。

ゼーゼマン家《け》のモデルとされている家《いえ》。詩人《しじん》・ゲーテが住《す》んでいた家《いえ》です。

都会《とかい》のくらしで、ハイジをとりまく人《ひと》たち

ゼーゼマン家《け》を中心《ちゅうしん》とする人《ひと》たちと、お屋《や》しきでの日々《ひび》がはじまります。

クララ

病気《びょうき》がちで、いつも車《くるま》いすで生活《せいかつ》しています。ハイジより４つ年上《としうえ》。

ロッテンマイヤー

ゼーゼマン家《け》の家政婦《かせいふ》長《ちょう》。ハイジに、とてもきびしくせっします。

クララのお父《とう》さま
（ゼーゼマンさん）

仕事《しごと》でるすがちですが、クララをとても大切《たいせつ》にしています。

クララのおばあさま

ふだんはべつの家《いえ》に住《す》んでいますが、たまにクララに会《あ》いに来《き》ます。

さあ、ハイジはどうなるのでしょう？

セバスチャン

ゼーゼマン家《け》の使用《しよう》人《にん》。こっそりハイジを助《たす》けてくれます。

クラッセン先生《せんせい》

クララのお医者《いしゃ》さん。ハイジのことを気《き》にかけてくれます。

都会《とかい》のくらしで出《で》てくるアイテム

読《よ》んでさがしてみてね！

アルプスの少《しょう》女《じょ》ハイジ

もくじ

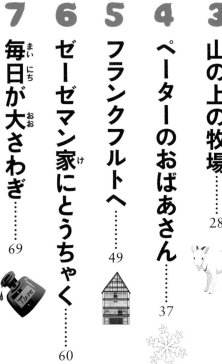

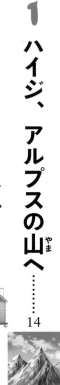

1 ハイジ、アルプスの山《やま》へ

明《あか》るく晴《は》れた、六月《がつ》の朝《あさ》。スイスのマイエンフェルト＊という、のどかな町《まち》から、わかい女《おんな》の人《ひと》が、五歳《さい》の女《おんな》の子《こ》をつれて、アルプスの山《やま》を登《のぼ》っていました。

「山登《やまのぼ》りはたいへんだけど、がんばって。」

女《おんな》の子《こ》の名前《なまえ》は、ハイジ。いっしょにいるのは、デーテおばさんでした。ハイジのお父《とう》さんとお母《かあ》さんは、ハイジがまだ一歳《さい》のときに死《し》んでしまい、ずっとデーテおばさんに育《そだ》てられてきたのです。

＊マイエンフェルト…スイス東部《とうぶ》にある小《ちい》さな町《まち》。

でも、おばさんが、ドイツのフランクフルト[1]という大《おお》きな町《まち》で仕《し》事《ごと》をすることになり、ハイジは、山《やま》の上《うえ》に住《す》んでいるおじいさんに、あずけられることになったのでした。

「あのおじいさんに、子《こ》どもの世話《せわ》ができるのかなあ。」

山《やま》のふもとのデルフリ村《むら》の人《ひと》たちは、心配《しんぱい》そうです。おじいさんはもう七十歳《さい》でしたが、二ひきのヤギといっしょにくらしていました。昔《むかし》はお金持《かねも》ちだったのに、財産《ざいさん》をなくしてしまい、ハイジのお父《とう》さんであるむすこも死《し》んでしまって、すっかり[2]へんくつになってしまったのです。

「ふう、暑《あつ》いなあ。」

何《なに》も知《し》らないハイジは、元気《げんき》に山《やま》を登《のぼ》っていきます。荷物《にもつ》を少《すく》なくするために、ありったけの洋服《ようふく》を着《き》せられて、あせびっしょり。

すると、ヤギをたくさんつれた少年《しょうねん》に出会《であ》いました。少年《しょうねん》は半《はん》ズボンで、身軽《みがる》にかけまわっています。

「よーし、わたしも服《ふく》をぬいじゃおう。」

シャツ一まいになったハイジは、少年《しょうねん》といっしょになって、ぴょんぴょんとびはねました。少年《しょうねん》の名前《なまえ》はペーター、十一歳《さい》です。夏《なつ》の間《あいだ》、毎日《まいにち》、村《むら》のヤギたちをつれて、牧場《まきば》まで登《のぼ》っていく仕事《しごと》をしていました。牧場《まきば》でヤギたちに草《くさ》を食《た》べさせて、夕方《ゆうがた》になるとまた山《やま》を下《お》りてくるのです。

「こんにちは！　わたし、ハイジよ。ねえ、ヤギをつれてどこまで行《い》くの？」

＊1フランクフルト…ドイツ西部《せいぶ》にある大都市《だいとし》。　＊2へんくつ…性格《せいかく》がすなおでなく、がんこなこと。

ハイジが元気《げんき》よく話《はな》しかけ、二人《ふたり》は、たちまちなかよしになりました。

デルフリ村《むら》から一時間近《じかんちか》く登《のぼ》ったところに、ハイジのおじいさんの小屋《こや》がありました。谷全体《たにぜんたい》を見下《みお》ろすことのできる、けしきのいい場所《ばしょ》です。小屋《こや》の後《うし》ろには、大《おお》きなモミの木《き》が三本《ぼん》立《た》っていました。

おじいさんは、小屋《こや》のわきのベンチにすわって、パイプをふかしています。ハイジたちが山《やま》を登《のぼ》ってくるようすを、ゆったりとながめていました。小屋《こや》に着《つ》いたとたんに、ハイジはおじいさんのところに走《はし》っていき、あいさつをしました。

「おじいさん、こんにちは。」

「おやおや、どういうことだ。」

おじいさんは、つきさすような目《め》で、ハイジをじっと見《み》つめました。長《なが》いひげを生《は》やし、はい色《いろ》のまゆ毛《げ》はもじゃもじゃで、まるでやぶのようです。

(おじいさんのまゆ毛《げ》って、とってもおもしろい!)

ハイジは思《おも》わず、おじいさんの顔《かお》をじいっとかんさつしてしまいました。そこに、デーテおばさんとペーターもやってきました。

「おじいさん、ハイジをつれてきましたよ。赤《あか》ちゃんのときから会《あ》っていないから、わからなかったかもしれませんけど。」

「わしに、なんの用《よう》があるんだ。」

「わたし、この子《こ》のめんどうを四年間《ねんかん》も見《み》てきました。でも、フランクフルトに行《い》くことになったので、これからはおじいさんに、ハイジの世話《せわ》をしてほしいんです。」

「そんなことをいったって、この子《こ》が、おまえに会《あ》いたいといってなきわめいたら、どうすればいいんだ。」

「そんなの、わたしの知《し》ったことじゃありません。おじいさんのすきなようにしてください。」

デーテおばさんが、急《きゅう》に来《き》て自分勝手《じぶんかって》なことばかりいうので、おじいさんは、はらが立《た》ってきました。

「とっとと、山《やま》を下《お》りていけ！」

「はいはい、わかりましたよ。じゃあハイジ、元気《げんき》でね。」

おばさんは、ハイジをその場《ば》にのこして、さっさと帰《かえ》ってしまいました。

2
おじいさんの小屋《こや》

ハイジと二人《ふたり》きりになったおじいさんは、ベンチにすわって地面《じめん》を見《み》つめたまま、一言《ひとこと》も話《はな》しません。
「よーし、うらに何《なに》があるのか、見《み》てこようっと。」
ハイジは一人《ひとり》で楽《たの》しそうに、うらのヤギ小屋《ごや》をのぞきに行《い》きました。それから、ざわざわとモミの木《き》をふきぬける風《かぜ》の音《おと》に耳《みみ》をすませました。もどってきても、おじいさんはあいかわらず、さっきと同《おな》じかっこうですわっています。
「おじいさん、どうしたのかなあ。」

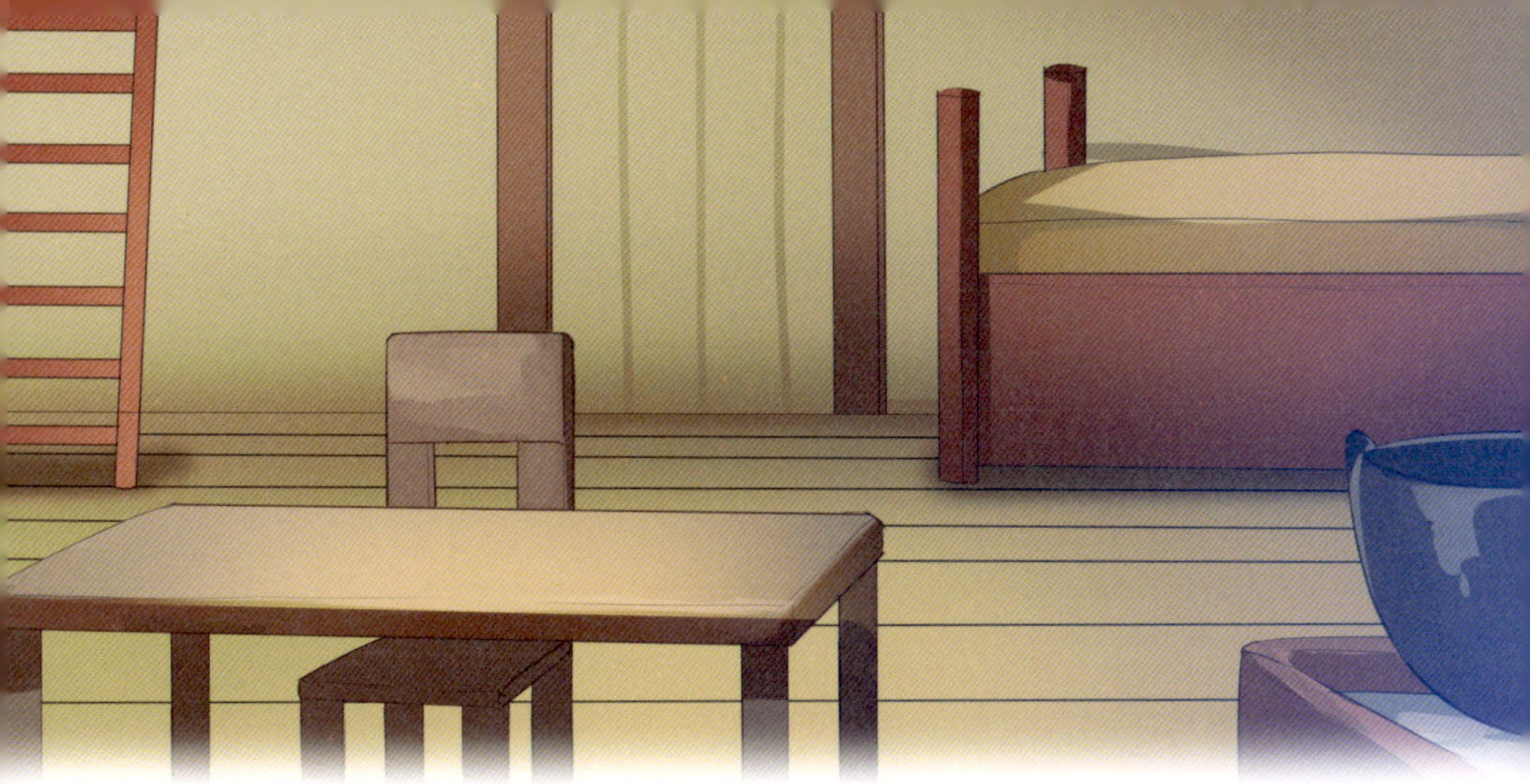

ハイジはおじいさんの正面《しょうめん》に立《た》って、両手《りょうて》を背中《せなか》に回《まわ》し、じっと見《み》つめていました。おじいさんはそんなハイジを見上《みあ》げ、たずねました。

「何《なに》がしたいんだ？」

「おじいさんの小屋《こや》の中《なか》に何《なに》があるか、見《み》てみたいの。」

「そうか、おいで。」

おじいさんは立《た》ちあがって、小屋《こや》の中《なか》に入《はい》っていきます。そこには、部屋《へや》が一《ひと》つしかありませんでした。すみっこにおじいさんのベッドがあり、反対側《はんたいがわ》に、かまどがあって、大《おお》きななべがのっています。かべには、＊作《つく》りつけの戸《と》だながありました。

「中《なか》を見《み》てもいい？」

戸《と》だなには洋服《ようふく》やくつ下《した》、タオル、お皿《さら》やカップなど、おじいさんの生活《せいかつ》にひつようなものがすべてしまってあります。ハイジは、あいている場所《ばしょ》に自分《じぶん》の洋服《ようふく》を、さっとつっこみました。それから部屋《へや》の中《なか》を見回《みまわ》して、ききました。

「わたしはどこでねるの、おじいさん？」

「どこでもいいよ。」

そういわれて、ハイジは部屋《へや》の中《なか》をうろうろ。小《ちい》さなはしごがあったので、上《あ》がってみました。するとそこは、ほし草《くさ》おき場《ば》で、新《あたら》しくてかおりのよいほし草《くさ》がいっぱい。まるいまどから、遠《とお》くの谷《たに》を見下《みお》ろすこともできます。

「わたし、ここでねたい！　ここはとってもすてき！」

ハイジはほし草《くさ》を集《あつ》めて、小《ちい》さなベッドを作《つく》りました。

「おじいさん、シーツを持《も》ってきて！　シーツがないとベッドにならないよ。」

おじいさんはすぐに、せいけつなシーツを持《も》ってきてくれました。気《き》持《も》ちのいいねどこのできあがりです。

「わあ、早《はや》くねてみたい！」

ハイジは、大《おお》よろこびです。

「その前《まえ》に、何《なに》か食《た》べようじゃないか。」

おじいさんが、食事《しょくじ》を用意《ようい》してくれました。ハイジも、お皿《さら》をな

＊作《つく》りつけ…家具《かぐ》などを、部屋《へや》のかべやゆかの一部《いちぶ》として作《つく》ること。

らべるなど、しっかりおてつだいをしました。

夕食《ゆうしょく》は、しぼりたてのヤギのミルクと、火《ひ》であぶってとろとろにした、チーズをのせたパンです。のどがかわいていたハイジは、ミルクを一息《ひといき》で飲《の》みほしました。

「こんなにおいしいミルクを飲《の》んだのははじめてよ。」

「そうかい。それなら、たくさんお飲《の》み。」

おじいさんは、すぐにおかわりを入《い》れてくれました。

ハイジは、山《やま》の食事《しょくじ》にすっかり満足《まんぞく》しました。

その夜《よる》ハイジは、ほし草《くさ》のベッドで、ぐっすりとねむりました。

夜《よる》の間《あいだ》、風《かぜ》がひどくふきあれていました。風《かぜ》がぶつかるたびに、小《こ》屋《や》全体《ぜんたい》がガタガタゆれます。

（あの子《こ》は、風《かぜ》の音《おと》がこわいんじゃないかな。）

おじいさんは心配《しんぱい》して、夜中《よなか》にようすを見《み》に行《い》きました。でもハイジは少《すこ》しもこわがることなく、真《ま》っ赤《か》なほっぺで、すやすや。

（よかった。どうやら、楽《たの》しいゆめを見《み》ているようだな。）

おじいさんはねむっているハイジを、しずかに見下《みお》ろしていました。それからにっこりわらって、自分《じぶん》のベッドに、もどっていったのでした。

3

山《やま》の上《うえ》の牧場《まきば》

次《つぎ》の朝《あさ》、ハイジは目《め》がさめて、きょとんとしました。

「あれ、ここはどこだろう。」

すると、おじいさんの話《はな》し声《ごえ》が、小屋《こや》の外《そと》から聞《き》こえてきました。

「そうか、今《いま》は山《やま》の上《うえ》のおじいさんのところにいるんだった。」

ハイジは元気《げんき》よくとび起《お》きて、小屋《こや》の外《そと》に走《はし》っていきました。すると、そこにはもう、ヤギ飼《か》いのペーターが来《き》ていました。

「ペーターといっしょに、牧場《まきば》に行《い》くかい。」

「うん、行《い》く！　やったー。」

ハイジはうれしくて、ぴょんぴょん、とびはねました。そして、急《いそ》いで顔《かお》をあらいました。

おじいさんはハイジに、おべんとうをたっぷり持《も》たせてくれました。ヤギのミルクを飲《の》むためのおわんも、ペーターにわたしてくれました。

「ペーター、いいかい。お昼《ひる》になったら、ハイジのためにヤギのおちちをしぼって、このおわんに入《い》れてやってくれ。」

「うん、わかったよ。」

二人《ふたり》は楽《たの》しく、牧場《まきば》に登《のぼ》っていきました。夕《ゆう》べの風《かぜ》が雲《くも》をふきはらったので、見《み》わたすかぎり、空《そら》は真《ま》っ青《さお》です。空《そら》の真《ま》ん中《なか》に、お日様《ひさま》がかがやいています。牧場《まきば》にさく花《はな》は、うれしそうにお日様《ひさま》を

見上《みあ》げていました。

「こんなきれいなけしき、見《み》たことない。」

ハイジは、うっとりしました。そして、あちらこちらで花《はな》をつんでは、エプロンにつつみながら登《のぼ》っていきました。

「ハイジ、気《き》をつけて！　まいごになるんじゃないよ。」

ペーターは、ハイジに何度《なんど》も声《こえ》をかけました。

やがて二人《ふたり》は、大《おお》きな岩山《いわやま》の下《した》にある牧《まき》場《ば》にとうちゃくしました。ペーターは、お

べんとうを地面《じめん》がくぼんだところにおくと、日当《ひあ》たりのよい場所《ばしょ》でごろりと横《よこ》になりました。まわりでは、ヤギたちが草《くさ》を食《た》べています。

ハイジはねころんでいるペーターのとなりで、あたりの美《うつく》しい風景《ふうけい》を見《み》ていました。

（牧場《まきば》って、なんてすてきな場所《ばしょ》なんだろう。ここにいると、とってもいい気持《きも》ち。）

岩山《いわやま》にすんでいるタカが、するどい声《こえ》を上《あ》げて空《そら》をとんでいきます。

「タカのすが見《み》たいな。」

ハイジが思《おも》わずそういうと、ペーターは、きけんだからと、止《と》めました。

ペーターが世話《せわ》をしているヤギたちには、それぞれ名前《なまえ》がついていました。おじいさんが飼《か》っている二ひきのヤギは、白《しろ》いのがスワン、茶色《ちゃいろ》いのがクマ。ハイジは、ほかのヤギたちの名前《なまえ》も、すぐにおぼえました。

お昼《ひる》になると、ペーターがスワンのおちちをしぼって、おわんに入《い》れてくれました。さあ、おべんとうの時間《じかん》です。二人《ふたり》はすわって、それぞれのおべんとうを食《た》べはじめました。ハイジが、おじいさんの持《も》たせてくれたつつみを開《あ》けると、大《おお》きなパンが出《で》てきました。

「これ、一人《ひとり》では食《た》べきれないから、ペーターにあげる。」

ハイジは自分《じぶん》のパンを分《わ》けると、大《おお》きいほうの一切《ひとき》れを、チーズの大《おお》きなかけらといっしょにペーターにさしだしました。ペーターは、ごうかなお昼《ひる》ごはんにびっくり。

「ほんとにくれるの？　ありがとう。」

二人《ふたり》はおなかがいっぱいになって、とても幸《しあわ》せな気持《きも》ちです。

お昼《ひる》ごはんがすむと、ハイジはまた、ヤギたちと遊《あそ》びました。ヤギたちも、やさしいハイジがすぐに大《だい》すきになりました。

「さあ、ヤギさんと、おにごっこしよう！」

走《はし》ってつかれると、今度《こんど》は、きれいな花《はな》をさがしました。ハイジのエプロンは、つみとった花《はな》でいっぱいになりました。

牧場《まきば》での時間《じかん》は、あっというまにすぎていきました。ふと気《き》がつ

くと、お日様《ひさま》が山《やま》の向《む》こうにしずもうとしています。そのしゅん間《かん》、あたり一面《いちめん》の草《くさ》が金色《きんいろ》にかがやいたので、ハイジはおどろいて、さけびました。

「ペーター、見《み》て。山《やま》がもえてる！」

火《ひ》のように赤《あか》くなった山《やま》は、やがてバラ色《いろ》になり、そのあと、はい色《いろ》になって、まぶし

い光《ひかり》は、いつの間《ま》にか消《き》えていきました。

「さっきまで、あんなに明《あか》るかったのに、どうしたのかしら。」

ハイジは地面《じめん》にすわりこんで、ぼうっとしています。

「またあした、これと同《おな》じけしきが見《み》られるさ。」

ペーターはそういうと、口笛《くちぶえ》でヤギたちをよびあつめました。

「毎日《まいにち》、こんなふうなの？」

ハイジは、たずねました。

「たいていはね。」

ペーターは答《こた》えました。

「あしたもまた、こうなるの？」

「うん、あしたもだ！」

それを聞《き》いて、ハイジはわくわくしてきました。

ハイジは小屋《こや》にもどると、おじいさんに今日一日《きょういちにち》のことをくわしく話《はな》しました。夕方《ゆうがた》、山《やま》が火《ひ》のように赤《あか》くなったことを話《はな》すと、おじいさんはどうしてそんな色《いろ》になるのか、教《おし》えてくれました。

「お日様《ひさま》が『お休《やす》み』をいったんだよ。自分《じぶん》のいちばんきれいな光《ひかり》を投《な》げかけて、『あしたまた来《く》るまで、おぼえていてね』ってね。」

「そうだったのね。お日様《ひさま》も、わたしたちの友《とも》だちなのね。」

ハイジはこの話《はなし》が気《き》に入《い》りました。そして、ヤギたちのゆめを見《み》ながら、ほし草《くさ》のベッドでぐっすりねむったのでした。

4 ペーターのおばあさん

ハイジは、それから夏《なつ》の間《あいだ》、毎日《まいにち》ペーターといっしょに牧場《まきば》に行《い》きました。そうやってすごすうちに、すっかり日《ひ》にやけ、たくましくなりました。ハイジは楽《たの》しく幸《しあわ》せに日々《ひび》をすごしていました。

やがて秋《あき》になり、風《かぜ》がごうごうと大《おお》きな音《おと》を立《た》ててふくようになると、おじいさんはハイジに、こういいました。

「小屋《こや》から出《で》ては、いけないよ。風《かぜ》が強《つよ》くなると、小《ちい》さな子《こ》どもはふきとばされてしまうからね。代《か》わりに、小屋《こや》の中《なか》で仕事《しごと》をてつだっておくれ。」

「うん、わかった。」

おじいさんが家具《かぐ》をしゅうりしたり、おいしそうなチーズを作《つく》ったりするのを見《み》るのは、とても楽《たの》しい時《じ》間《かん》でした。とくに、丸《まる》くてきれいなヤギのチーズを作《つく》る仕事《しごと》はおもしろくて、ハイジはいつもわくわくしながら、おじいさんが両手《りょうて》でなべの中《なか》をかきまわすのをながめていました。

「おじいさんのチーズ、とってもおいしそう！　早《はや》く食《た》べたいな。」

やがて、寒《さむ》い冬《ふゆ》がやってきました。

あるばん、たくさんの雪《ゆき》がふりつもって、山《やま》は一面《いちめん》、真《ま》っ白《しろ》になりました。そうなると、ペーターもう、ヤギをつれて山《やま》を上《あ》がってくることはできません。

「緑《みどり》の草《くさ》や、きれいなお花《はな》はどうなっちゃったのかな。」

ハイジはふしぎそうに、まどから雪《ゆき》げしきを見《み》ていました。

次《つぎ》の日《ひ》の午後《ごご》、ハイジとおじいさんが火《ひ》のそばにすわっていると、だれかが外《そと》でガタガタと音《おと》をさせました。

ペーターがハイジに会《あ》いたくて、雪《ゆき》まみれになりながら、たずねてきてくれたのです。ペーターはハイジのしつもんに答《こた》えて、冬《ふゆ》の間《あいだ》通《かよ》っている村《むら》の学校《がっこう》のことを、いろいろと話《はな》してくれました。おじいさんはゆかいそうに二人《ふたり》の話《はなし》を聞《き》き、ペーターの体《からだ》があたたまると、ばんごはんを用意《ようい》してくれました。食事《しょくじ》が終《お》わって帰《かえ》る時間《じかん》になると、ペーターがいいました。

「ありがとう、お休《やす》みなさい。来週《らいしゅう》の日曜日《にちようび》、また来《く》るよ。それから、うちにも来《き》てほしいって、ばあちゃんがいってたよ。」

ハイジは、ペーターのおばあさんが自分《じぶん》に会《あ》いたがっていると知《し》って、うれしくなりました。

「おばあさんのところに、つれていって。」

それからというもの、ハイジは何回《なんかい》も、おじいさんにせがみます。

「雪《ゆき》が深《ふか》すぎるから、あぶないよ。」

おじいさんはさいしょのうち、そういって止《と》めていました。でも四日目《よっかめ》にとうとう、ハイジをそりに乗《の》せ、ペーターの住《す》む家《いえ》までつれていってくれたのです。

「暗《くら》くなったら、むかえに来《く》るから、外《そと》に出《で》てくるんだよ。」

おじいさんはそういってハイジをおろすと、また小屋《こや》にもどっていきました。

ハイジは、ペーターの小屋《こや》に入《はい》っていきました。小屋《こや》の中《なか》はせまく、とても古《ふる》びています。目《め》の前《まえ》にはテーブルがあり、一人《ひとり》の女《おんな》の人《ひと》がペーターの服《ふく》をつくろっていました。ペーターのお母《かあ》さんです。部屋《へや》のすみでは、こしの曲《ま》がったおばあさんが、糸《いと》をつむいでいました。

（この人《ひと》が、わたしに会《あ》いたがってる、おばあさんね。）

ハイジは、まっすぐおばあさんのところに行《い》って、あいさつをしました。

「こんにちは、おばあさん。遊《あそ》びに来《き》たよ！」

おばあさんはハイジの手《て》を取《と》ると、しばらく考《かんが》えてから、いいました。

「あんたが、山《やま》の上《うえ》のおじいさんのところのハイジかい？」

「そうよ。」

ハイジは、うなずきました。

ハイジは部屋《へや》の中《なか》を見回《みまわ》し、目《め》に入《はい》

るものはすべて、じっくりかんさつしていました。そしてふと、こういったのです。

「見《み》て、おばあさん、あそこのよろい戸《ど》がガタガタいってるよ。おじいさんだったら、あそこにくぎを一本《ぽん》打《う》って、しっかりとめておくのに。」

「あら、りこうな子《こ》だね。」

おばあさんは、いいました。

「でもうちには、小屋《こや》を直《なお》せる人《ひと》がいないんだ。ペーターは、まだ無理《むり》なんだよ。わたしには見《み》えないけど、音《おと》は聞《き》こえるよ。風《かぜ》がふくと、あちこちでガタガタ、バタバタ。小屋《こや》がばらばらになりそうで、心配《しんぱい》になっちゃうんだよ。」

「どうして見《み》えないの、おばあさん。わたしが外《そと》に行《い》って、よろい戸《ど》を開《あ》けたら、明《あか》るくなって見《み》えるようになるかな。」

「ああハイジ、わたしはもう決《けっ》して目《め》が見《み》えないんだよ。死《し》ぬまで、見《み》えないんだ。」

おばあさんの言葉《ことば》を聞《き》いて、ハイジはなきだしてしまいました。

おばあさんは、自分《じぶん》のためにそんなにも悲《かな》しんでくれるハイジのようすに、心《こころ》を打《う》たれました。

「ありがとう、ハイジ。近《ちか》くにおいで。目《め》が見《み》えないと、親切《しんせつ》な言《こと》葉《ば》を聞《き》きたくなるんだよ。そばにすわって、山《やま》の上《うえ》で何《なに》をしてるのか、おじいさんはどうしているか、いろいろ話《はな》しておくれ。」

すると、ハイジはなみだをふいて、生《い》き生《い》きと話《はな》しはじめました。

「あのね、夏《なつ》は、毎日《まいにち》牧場《まきば》に行《い》って、とても楽《たの》しかったの。牧場《まきば》にはたくさんのお花《はな》がさいていて、すごくきれいなのよ。冬《ふゆ》になってからは、おじいさんのおてつだいをしているの。おじいさんはチーズ作《づく》りの名人《めいじん》だし、わたしのためにいすを作《つく》ってくれたのよ。」

おばあさんは、村《むら》の人《ひと》からへんくつだと思《おも》われているおじいさんが、ハイジにとてもやさしくしているのを知《し》って、すっかりおどろいてしまいました。

やがて、ペーターが学校《がっこう》から帰《かえ》ってきました。

「ただいま。あ、ハイジ、遊《あそ》びに来《き》てくれたんだね。」

「うん、ペーター、お帰《かえ》り。」

おばあさんが声《こえ》をかけました。

「ペーター、お帰《かえ》り。字《じ》は読《よ》めるようになったかい?」

「ううん、まだ読《よ》めないよ。字《じ》を読《よ》むのは、すごくむずかしいんだ。」

おばあさんは、とてもざんねんそうでした。家《いえ》にある古《ふる》い本《ほん》を、だれかに読《よ》んでもらいたいと思《おも》っていたのです。

ハイジはその日《ひ》、家《いえ》にもどると、おばあさんの小屋《こや》を直《なお》してあげてほしいと、おじいさんに熱心《ねっしん》にたのみました。

「それなら、直《なお》しに行《い》こう。」

おじいさんは、ハイジのねがいを聞《き》きいれてくれました。そして、次《つぎ》の日《ひ》、またハイジをペーターのおばあさんのところに送《おく》っていき、ハイジとおばあさんが小屋《こや》の中《なか》で話《はなし》をしている間《あいだ》に、小屋《こや》の屋根《やね》やかべを直《なお》してくれました。

トントン、トントン。おじいさんがくぎを打《う》つ音《おと》がひびきます。

「おや、いったい何《なに》が起《お》こったんだろう。まさか、小屋《こや》がこわれはじめたんじゃないだろうね。」

「ちがうのよ、おばあさん。おじいさんが、小屋《こや》を直《なお》しているのよ。」

「ああ、そうだったのかい。なんて、ありがたいことだろうね。」

おばあさんはとてもおどろき、そしてよろこびました。

目《め》も見《み》えず、長《なが》い間《あいだ》さびしい生活《せいかつ》を送《おく》ってきたペーターのおばあさんは、ハイジと話《はな》すのが楽《たの》しくてたまりません。それから毎日《まいにち》、おばあさんは朝早《あさはや》いうちから、ハイジの足音《あしおと》を待《ま》ちわびるようになりました。ハイジと話《はなし》をしていると、時間《じかん》はあっというまにすぎていきます。

そして、おじいさんのおかげで、小屋《こや》ももう、ガタガタいわなくなりました。

「こんなによくねむれるようになって、おじいさんの親切《しんせつ》は決《けっ》してわすれないよ。」

おばあさんは、くりかえし、そういって感謝《かんしゃ》しました。

5 フランクフルトへ

アルプスに来《き》てさいしょの冬《ふゆ》がすぎ、また楽《たの》しい夏《なつ》が来《き》て、それからもきせつがめぐっていきました。ハイジは八歳《さい》になり、ヤギの世話《せわ》がとても上手《じょうず》になっていた冬《ふゆ》のことです。

ペーターは村《むら》の学校《がっこう》の先生《せんせい》から、おじいさんあての伝言《でんごん》を二度《ど》、あずかってきました。

「ハイジはもう、八歳《さい》です。ぜひ、デルフリ村《むら》の学校《がっこう》に入学《にゅうがく》させてください。」

でも、おじいさんはそのたびに、ハイジを学校《がっこう》に行《い》かせるつもり

はない、とことわっていました。

三月《がつ》のお日様《ひさま》が雪《ゆき》をとかしはじめたころ、村《むら》の牧師《ぼくし》さんが、とつぜんおじいさんの小屋《こや》をたずねてきました。

「そろそろハイジを学校《がっこう》に行《い》かせてはいかがですか。学校《がっこう》に通《かよ》えるように、山《やま》を下《お》りて、わたしたちといっしょにデルフリ村《むら》でくらしましょう。」

しかし、おじいさんは、きっぱりとことわりました。

「わかいころは村《むら》に住《す》んでいたけれど、あそこのくらしは、わしには合《あ》いません。みんなにうわさ話《ばなし》をされるのは、きらいなんです。」

「そうですか……。ざんねんです。でも、いつか、あなたが来《き》てくださるのを、待《ま》っていますよ。」

牧師《ぼくし》さんは、悲《かな》しそうに山《やま》を下《お》りていきました。

（ハイジはこの山《やま》の上《うえ》で、幸《しあわ》せにくらしているんだ。わざわざ村《むら》に行《い》って、学校《がっこう》に通《かよ》うひつようはない。）

おじいさんは、ふきげんになりました。

「ねえ、おじいさん、おばあさんのところに行《い》こうよ。」

「今日《きょう》はダメだ。」

おじいさんはその日《ひ》、小屋《こや》から出《で》ようとはしませんでした。

その次《つぎ》の朝《あさ》、フランクフルトではたらいているデーテおばさんが、とつぜんたずねてきました。前《まえ》とはちがって、きれいなぼうしをかぶり、長《なが》いドレスを着《き》ています。

(なんて、気《き》どったかっこうをしているんだろう。)

おじいさんはデーテおばさんのかっこうをじろじろながめましたが、何《なに》もいいませんでした。デーテおばさんのほうは、おじいさんに向《む》かって熱心《ねっしん》に話《はな》しはじめました。

「ハイジはここで、楽《たの》しいくらしをしているのでしょうね。でもわたし、ハイジをまた引《ひ》きとりに来《き》たのです。しんじられないほど幸運《こううん》な話《はなし》が転《ころ》がりこんできたんですよ。

わたしがフランクフルトでお仕《つか》えしているご家族《かぞく》の親《しん》せきに、とてもお金持《かねも》ちの人《ひと》がいらっしゃるんです。そこのおじょうさまは、足《あし》が悪《わる》くて、なかなか外《そと》に出《で》ることができないし、ひとりっ子《こ》なので、遊《あそ》び相手《あいて》がほしいそうなんです。ハイジの話《はなし》をしたら、ぜひつれてきてほしいんですって。」

「いいたいことは、それで終《お》わりか。」

おじいさんが、デーテおばさんの話《はなし》をさえぎりました。

「あら、まるで、わたしがくだらない話《はなし》をしたようないい方《かた》ですね。それならいわせてもらうけど、この子《こ》は八歳《さい》なのに、学校《がっこう》にも行《い》かせてもらってないじゃありませんか。何《なに》もできないし、何《なに》も知《し》らない。この子《こ》のしょうらいは、わたしにもせきにんがあります。

幸運《こううん》を手《て》に入《い》れるチャンスがきたっていうのに、じゃまするのは、やめてくださいね。」

「だまれ！　ハイジをつれていくなら、もう二度《にど》と、わしの前《まえ》にあらわれるな。この子《こ》がおまえみたいになるのを見《み》たいとは思《おも》わん。」

おじいさんは、外《そと》に出《で》ていってしまいました。

デーテおばさんは、ハイジにいいました。

「さあ、いらっしゃい。あんたの洋服《ようふく》はどこ？」

「行《い》きたくない。」

ハイジは、答《こた》えました。

でも、デーテおばさんは、あきらめません。

「いっしょにおいで。あんたにはよくわからないだろうけど、そう

そうできないくらい、幸《しあわ》せになれるのよ。」

デーテおばさんは、戸《と》だなからどんどんハイジの荷物《にもつ》を出《だ》して、ひとまとめにしました。

「いやだったら、すぐにもどってこられる？」

ハイジは、たずねました。

「そうね、帰《かえ》りたくなったら、帰《かえ》れるわよ。列車《れっしゃ》は速《はや》いから、すぐにまた帰《かえ》ってこられるわ。」

デーテおばさんはハイジの手《て》を取《と》りました。二人《ふたり》は山《やま》を下《お》りていくとちゅうで、ペーターにばったり会《あ》いました。

「どこへ行《い》くの。」

ペーターが、たずねました。

「わたし、急《いそ》いで、フランクフルトまで行《い》かなくちゃいけないの。でもその前《まえ》に、おばあさんのところに行《い》きたい。」

ハイジがいうと、おばさんが止《と》めました。

「だめ、だめ。今《いま》はおばあさんと話《はなし》なんてしているひまはないわ。」

デーテおばさんはハイジをぐんぐん引《ひ》っぱっていきました。ペーターは自分《じぶん》の家《いえ》に帰《かえ》ると、つくえをたたきながらさけびました。

「ハイジのおばさんが、ハイジをつれていっちゃった！」

それを聞《き》いたおばあさんは、ふるえながらまどを開《あ》けて、大声《おおごえ》でよびかけました。

「デーテ、デーテ、ハイジをつれていかないで！」

歩《ある》いていく二人《ふたり》にも、その声《こえ》は聞《き》こえました。

「おばあさんがよんでる。行《い》ってあげなくちゃ。」

ハイジは、おばあさんのほうに、走《はし》ってもどろうとしました。

「待《ま》って、ハイジ。フランクフルトに行《い》けば、おばあさんがよろこぶおみやげだって、持《も》ってかえれるわよ。」

デーテおばさんは、ハイジの手《て》を引《ひ》っぱって、そういいきかせました。

「それなら、やわらかい白《しろ》パンを買《か》ってきてあげたいな。おばあさ

んは歯《は》が悪《わる》くて、かたい黒《くろ》パンはあまり食《た》べられないから。」
ハイジはいいました。そして、おばあさんをよろこばせるために早《はや》くフランクフルトに行《い》こうと、走《はし》りはじめました。デーテおばさんは息《いき》を切《き》らして、あとを追《お》いかけました。

その日《ひ》からハイジのおじいさんは、食《た》べものを買《か》いに村《むら》にやってきても、こわい顔《かお》でみんなをにらみつけるようになりました。

おじいさんは、ハイジがいなくなって、とてもさびしかったのです。家族《かぞく》がいないおじいさんには、話《はな》し相手《あいて》もいませんでした。でも、村《むら》の人《ひと》は、そんなおじいさんの気持《きも》ちがわかりません。

「おじいさんは、ますます意地悪《いじわる》な人《ひと》になったようだね。」

「ハイジがにげだせたのは、運《うん》がよかったな。」

村《むら》の人《ひと》たちは、おじいさんを見《み》かけるたびに、こんなふうに、うわさしたのでした。

6

ゼーゼマン家《け》にとうちゃく

フランクフルトのゼーゼマン家《け》では、ひとりむすめのクララが勉《べん》強部屋《きょうべや》で車《くるま》いすにすわっていました。遊《あそ》び相手《あいて》になってくれる女《おんな》の子《こ》がとうちゃくするのを、いまかいまかと待《ま》っていたのです。

「まだなの、ロッテンマイヤーさん。」

ロッテンマイヤーさんは、ゼーゼマン家《け》のおくさまがなくなってから、ずっとこの家《いえ》ではたらいていました。ご主人《しゅじん》のゼーゼマンさんは、仕事《しごと》で長《なが》い間《あいだ》るすにすることが多《おお》く、家《いえ》の中《なか》のことはロッテンマイヤーさんにまかされていたのです。

「女《おんな》の子《こ》たちは、まだ来《こ》ないの？」

クララが、何度目《なんどめ》かにこうたずねたとき、ちょうどデーテおばさんがハイジをつれて入《はい》ってきました。

「こんばんは、ロッテンマイヤーさん。スイスから、おじょうさまの遊《あそ》び相手《あいて》をつれてまいりました。」

ロッテンマイヤーさんは立《た》ちあがり、ハイジをじろじろとながめました。そまつな上着《うわぎ》を着《き》て、古《ふる》い麦《むぎ》わらぼうしをかぶったハイジのすがたは、ロッテンマイヤーさんの気《き》に入《い》りません。

「なんて、みすぼらしいかっこうでしょう。あなた、なんていう名《な》前《まえ》なの？」

ロッテンマイヤーさんは、たずねました。

「ハイジよ。」

ハイジは、自分《じぶん》で答《こた》えました。

「あら、へんな名前《なまえ》ね。ちゃんとした名前《なまえ》はないの？」

「わからない。」

ハイジがそう答《こた》えると、ロッテンマイヤーさんはびっくり。

「まあ、なんて失礼《しつれい》な返事《へんじ》でしょう！」

ロッテンマイヤーさんは、おこりだしました。

すると、デーテおばさんが、あわてて口《くち》をはさみました。

「おゆるしくださいませ。この子《こ》の名前《なまえ》はアーデルハイトです。その名前《なまえ》をちぢめて、みんなからハイジとよばれているのです。」

「そうですか、アーデルハイトならちゃんとした名前《なまえ》ですね。でも、クララおじょうさまの遊《あそ》び相手《あいて》には、おじょうさまと同《おな》じ十二歳《さい》くらいの子《こ》をおねがいしたはずですよ。この子《こ》は何歳《なんさい》なの？」

「八歳《さい》だって、おじいさんがいってたわ。」

ハイジがまた、自分《じぶん》で答《こた》えました。

「あら、まだ八歳《さい》なの？　なんてこと！　どんな勉強《べんきょう》をしてきたの。使《つか》った教科書《きょうかしょ》は？」

「わたし、字《じ》は読《よ》めないわ。ペーターも読《よ》めないのよ。」

「まあ。字《じ》が読《よ》めないの、ほんとうに？　そんなことがあるのかしら。」

ロッテンマイヤーさんは、ぎょっとしてさけびました。

（おじょうさまと同《おな》じくらい、勉強《べんきょう》ができる子《こ》どもに来《き》てほしかったのに。字《じ》が読《よ》めないなんて、ひどすぎる。どうして、こんなことになってしまったんだろう。）

ロッテンマイヤーさんはとほうにくれていましたが、少《すこ》し落《お》ち着《つ》きを取《と》りもどして、いいました。

「デーテさん、これではぜんぜん話《はなし》がちがいますね。どうしてこんな子《こ》をつれてきたんですか？」

しかし、デーテおばさんも引《ひ》きさがりません。なんとしても、ハイジをこのお屋《や》しきにあずけたかったのです。

「ロッテンマイヤーさん、この子《こ》はまさに、あなたがさがしておられるような子《こ》だと思《おも》ったのです。そのへんの子《こ》どもたちとはちがう、みりょくのある子《こ》がほしいというお話《はなし》でしたからね。どうぞ、この子《こ》をしばらくおいてください。すぐにまた、ようすを見《み》にまいりますわ。」

デーテおばさんはそういいすてると、さっさと出《で》ていってしまいました。

お屋《や》しきの食堂《しょくどう》では、夕食《ゆうしょく》のじゅんびが整《ととの》っていました。使用人《しようにん》のセバスチャンが、クララの車《くるま》いすをおして、食堂《しょくどう》へつれていこうとしました。

「あんたって、ヤギ飼《か》いのペーターに、にてるわ。」

ハイジはセバスチャンに話《はな》しかけました。それを聞《き》いたロッテンマイヤーさんは、またもびっくりぎょうてん。

「『あんた』とよびかけるなんて。この子《こ》は、おぎょうぎが悪《わる》すぎます。」

食堂《しょくどう》の席《せき》に着《つ》くと、ハイジは自分《じぶん》の前《まえ》においてある白《しろ》パンを見《み》て大《おお》よろこびしました。

「これ、もらってもいいの?」

セバスチャンがうなずくと、ハイジはあっというまにその白《しろ》パンをポケットにかくしてしまいました。

（このやわらかいパンは、ペーターのおばあさんへのおみやげにしよう。）

セバスチャンは、それを見《み》てわらいだしそうになりましたが、なんとかがまんしました。

ハイジはお屋《や》しきでのごちそうの食《た》べ方《かた》がわからず、とまどうばかりです。ロッテンマイヤーさんが長《なが》いお説教《せっきょう》を始《はじ》めました。お屋《や》しきには、たくさんの決《き》まりがあるのです。

「アーデルハイト、いいですか。朝起《あさお》きたら、ちゃんと服《ふく》を着《き》がえて、食堂《しょくどう》に下《お》りてくるのですよ。あいさつをきちんとして、朝《あさ》ごはんを食《た》べたら、勉強《べんきょう》です。勉強《べんきょう》のときには、しずかにすわって、家庭教師《かていきょうし》の先生《せんせい》のお話《はなし》を聞《き》いて……そして、お昼《ひる》ごはんのときには……。」

でも、そんな注意《ちゅうい》を聞《き》いている間《あいだ》に、つかれていたハイジは、ねむってしまいました。なにしろ、この日《ひ》は何時間《なんじかん》も列車《れっしゃ》に乗《の》ってきたのです。ロッテンマイヤーさんは、長々《ながなが》と決《き》まりごとを説明《せつめい》して、最後《さいご》にたずねました。

「さあ、アーデルハイト！　ちゃんとおぼえましたか。」

「ハイジは、もうとっくにねむっているわ。」

クララが、ゆかいそうに答《こた》えました。クララにとって、夕食《ゆうしょく》の時間《じかん》がこれほどおもしろかったのは、ひさしぶりのことでした。

7

毎日《まい にち》が大《おお》さわぎ

次《つぎ》の朝《あさ》、目《め》をさましたハイジは、自分《じぶん》がどこにいるのか、すぐにはわかりませんでした。

（ここはどこだろう。ほし草《くさ》のベッドじゃないし、おじいさんやヤギの声《こえ》も聞《き》こえないし……。）

自分《じぶん》がねているのは、背《せ》の高《たか》い白《しろ》いベッドで、まわりは見《み》なれないものばかりです。でもやがて、フランクフルトに来《き》たことを思《おも》い出《だ》しました。そして、きのう、ロッテンマイヤーさんにいいつけられたとおり、ベッドからとびおりて、身《み》じたくをしました。

部屋《へや》を見回《みまわ》すと、まどは、カーテンでおおわれています。

（なんだか、かごの中《なか》にとじこめられたみたい。）

カーテンのすきまから外《そと》を見《み》ても、よその家《いえ》のかべとまどしか見《み》えません。ハイジは、アルプスの山《やま》や空《そら》が、なつかしくなってきました。

朝《あさ》ごはんのあと、家庭教師《かていきょうし》の先生《せんせい》がやってきました。

「さあ、アーデルハイト、早《はや》く字《じ》をおぼえるのですよ。」

ロッテンマイヤーさんが、きびしくいいました。クララとハイジはいっしょに授業《じゅぎょう》を受《う》けました。ところが、しばらくすると、ハイジはとつぜん、つくえの上《うえ》のものをひっくりかえし、外《そと》に走《はし》りでてしまったのです。じゅうたんも本《ほん》も、インクでべたべたです。

その音《おと》を聞《き》いてかけつけてきたロッテンマイヤーさんに、クララが楽《たの》しそうに説明《せつめい》しました。

「ハイジには、悪気《わるぎ》はなかったのよ。ちょうど今《いま》、たくさんの馬《ば》車《しゃ》が家《いえ》のそばを通《とお》っていったの。そしたらハイジがあわてて外《そと》に出《で》ようとしてインク入《い》れをひっくりかえしちゃったのよ。ハイジは、まだ一度《いちど》も馬車《ばしゃ》を見《み》たことがないのかもしれないわね。」

ハイジは、げんかんの前《まえ》で、ぽかんと口《くち》を開《あ》けて道路《どうろ》をながめていました。ロッテンマイヤーさんは、ハイジをしかりつけました。

「どうしたのですか。とつぜんにげだしたりするなんて！」

「モミの木《き》のざわざわいう音《おと》が、聞《き》こえたの。でも、もう聞《き》こえなくなっちゃった。」

ハイジは、馬車《ばしゃ》の音《おと》を、モミの木《き》の音《おと》とかんちがいしたのです。

「モミの木《き》ですって！　ここは森《もり》じゃありませんよ。さあ、上《あ》がってきて、自分《じぶん》がどんなしっぱいをしたのか、よく見《み》てごらんなさい。」

部屋《へや》にもどったハイジは、インクでゆかをよごしてしまったことに気《き》づいて、びっくりしました。

「ごめんなさい。もう、授業中《じゅぎょうちゅう》にとびだしたりしません。」

これからはしずかに勉強《べんきょう》することを、やくそくしました。

ハイジはロッテンマイヤーさんから、午後《ごご》の休《やす》み時間《じかん》には、すきなことをしてもいいといわれていました。そこで、セバスチャンにたのんでまどを開《あ》けてもらい、いすの上《うえ》から外《そと》のけしきをながめました。

「石《いし》の道路《どうろ》しか見《み》えないのね。」

ハイジは、とてもがっかりしました。

「もし、お屋《や》しきのまわりをぐるっと歩《ある》いたら、何《なに》が見《み》えるの？」

「やっぱり石《いし》の道路《どうろ》だけですよ。」

セバスチャンは答《こた》えました。

「じゃあ、この町《まち》のずっと向《む》こうを見《み》ようと思《おも》ったら、どうすればいいの。」

「そのためには、高《たか》い塔《とう》に上《のぼ》らなくちゃいけませんね。あそこに見《み》える、てっぺんに金色《きんいろ》の玉《たま》がついている教会《きょうかい》の塔《とう》からだったら、きっとよく見《み》えますよ。」

(アルプスの山《やま》が見《み》たい!)

ハイジは急《いそ》いで、お屋《や》しきの外《そと》に出《で》ていきました。教会《きょうかい》の塔《とう》は近《ちか》そうに見《み》えたのですが、いくら歩《ある》いてもちっともたどりつけません。ハイジはまいごになってしまい、町角《まちかど》で手回《てまわ》しオルガンをひいている男《おとこ》の子《こ》に、教会《きょうかい》まで案内《あんない》してもらいました。

やっと着《つ》いた教会《きょうかい》で、ハイジはよびりんのひもを引《ひ》っぱってみまし

た。すると、

「どうしたんだ？　ここは、子《こ》どもが来《く》るところじゃないぞ。」

と、出《で》てきた番人《ばんにん》におこられました。

「ごめんなさい。どうしても、遠《とお》くが見《み》たいんです。わたしを塔《とう》の上《うえ》に、上《のぼ》らせてください！」

ハイジは一生《いっしょう》けん命《めい》おねがいして、塔《とう》に上《のぼ》らせてもらいました。でも、塔《とう》から見《み》るけしきも、屋根《やね》やえんとつばかり。アルプスの山《やま》は、見《み》えません。

ハイジはしょんぼりしました。

「おじょうちゃん、元気《げんき》を出《だ》しな！　ほら、すきなのをあげるから、持《も》ってかえっていいよ。」

番人《ばんにん》はかわいそうに思《おも》って、生《う》まれたばかりのねこの赤《あか》ちゃんを分《わ》けてくれました。ハイジはよろこんで、右《みぎ》と左《ひだり》のポケットに、それぞれ一ぴきずつ、ねこの赤《あか》ちゃんを入《い》れました。一ぴきはクララにあげて、もう一ぴきは自分《じぶん》で世話《せわ》をするつもりだったのです。

帰《かえ》りはまた、男《おとこ》の子《こ》がお屋《や》しきまで送《おく》ってくれました。ハイジがよびりんを引《ひ》っぱると、セバスチャンがとびだしてきました。

「どこに行《い》っていたんですか。さあ、早《はや》く！」

お屋《や》しきでは、もう夕食《ゆうしょく》の時間《じかん》で、みんながハイジを待《ま》っていたのです。

ハイジがだれにもいわずに外出《がいしゅつ》したので、ロッテンマイヤーさんはかんかんでした。

「だまって外《そと》に行《い》ってては、いけません！」

そのとき、ポケットの中《なか》でねこの赤《あか》ちゃんが、鳴《な》きだしました。

「ニャア、ニャア。」

「まあ、アーデルハイト、ふざけているのね。」

「ちがいます、ロッテンマイヤーさん、これは本物《ほんもの》のねこです。」

「きゃあ！」

ねこが大《だい》きらいなロッテンマイヤーさんは、それを聞《き》いてにげだしてしまいました。

クララは、ねこの赤《あか》ちゃんを見《み》ると、

「まあ、かわいい!」

と、大《おお》よろこび。クララとハイジはセバスチャンにたのんで、ロッテンマイヤーさんの目《め》のとどかないところに、ねこたちのねどこを作《つく》ってもらいました。


ハイジのおかげで次々《つぎつぎ》と事件《じけん》が起《お》こって、クララは毎日《まいにち》が楽《たの》しくてたまりません。でもロッテンマイヤーさんは、ハイジのことで、ものすごくはらを立《た》てていました。

「アーデルハイトには、きびしいばつをあたえなくてはいけません。もう二度《にど》と悪《わる》いことができないように、真《ま》っ暗《くら》な地下室《ちかしつ》にとじこめようと思《おも》います。」

クララは大《おお》きな声《こえ》で反対《はんたい》しました。

「ロッテンマイヤーさん、そんなことはしないで。パパが帰《かえ》ってくるまで待《ま》って。もうじきもどるという手紙《てがみ》がきたんですから。」

「わかりました、クララ。いいでしょう。でもわたしも、お父《とう》さまに意《い》見《けん》をいわせていただきますからね。」

そういいすてて、ロッテンマイヤーさんは、部屋《へや》を出《で》ていきました。

8 クララのお父《とう》さま

ハイジは毎日《まいにち》、クララといっしょに授業《じゅぎょう》を受《う》けていました。でも、なかなか文字《もじ》をおぼえることができません。

「ずっと字《じ》を見《み》てると、だんだん動物《どうぶつ》の顔《かお》に見《み》えてくるわね。」

ハイジがおもしろいことばかりいうので、クララは、授業中《じゅぎょうちゅう》もちっともたいくつしませんでした。夕方《ゆうがた》になると、ハイジはクララのそばにすわり、山《やま》での生活《せいかつ》のことをいろいろと話《はな》しました。そうすると、しまいにはいつも、なつかしい気持《きも》ちでいっぱいになるのでした。

「もう帰《かえ》らなくちゃ。あしたには山《やま》に帰《かえ》るわ！」

ハイジは毎日《まいにち》、そうくりかえしました。クララはそのたびに、引《ひ》きとめました。

「パパが帰《かえ》ってくるまで、ここにいなくちゃだめよ。そうしたら、あとのことはパパが決《き》めてくれるから。」

ハイジは食事《しょくじ》のとき、ペーターのおばあさんのための白《しろ》パンを、一《ひと》つずつポケットに入《い》れて、こっそり部屋《へや》に持《も》ちかえっていました。自分《じぶん》がフランクフルトに長《なが》くいればいるほど、おばあさんにあげるパンがふえていくのだと思《おも》って、つらいことがあってもがまんしていたのです。でも、自分《じぶん》の部屋《へや》にもどると、山《やま》のけしきを次々《つぎつぎ》に思《おも》いうかべてしまいます。

(今《いま》ごろアルプスは、緑《みどり》がきれいだろうな。日《ひ》に当《あ》たって花《はな》が黄色《きいろ》に光《ひか》っているだろうし、お日様《ひさま》の光《ひかり》で、雪《ゆき》も山《やま》も広《ひろ》い谷《たに》も、すべてが、かがやいているだろうな。)

そう考《かんが》えると、いても立《た》ってもいられなくなりました。そしてある日《ひ》、とうとうがまんできなくなってしまったのです。

ハイジは大急《おおいそ》ぎで白《しろ》パンをショールにつつむと、麦《むぎ》わらぼうしをかぶり、お屋《や》しきを出《で》ていこうとしました。でも、げんかんでロッテンマイヤーさんに見《み》つかってしまいました。

「これは、なんのまねなの？　あちこち出歩《であ》いちゃいけないって、きびしくいっておいたでしょう。それなのに、また出《で》ていこうとして。おまけに、そんなひどいかっこうで。」

「あちこち出歩《である》くんじゃなくて、家《いえ》に帰《かえ》ろうと思《おも》っただけです。」

ハイジはびっくりしながら、答《こた》えました。

「なんですって。家《いえ》に帰《かえ》る？」

ロッテンマイヤーさんは、はらを立《た》て、ハイジに向《む》かって大声《おおごえ》でいいました。

「にげようとしたのね！　このお屋《や》しきのどこが気《き》に入《い》らないの？　何《なに》が不足《ふそく》なの？」

「何《なに》もありません。ただ、家《いえ》に帰《かえ》りたいだけです。あんまり長《なが》く、るすにすると、ヤギたちが悲《かな》しむし、おじいさんやおばあさんだって、わたしのことを待《ま》っているわ。それにここでは、お日様《ひさま》がお休《やす》みなさいをいうところが、見《み》られないんですもの。」

「この子《こ》はおかしいわ。すぐに、上《うえ》につれていきなさい！」

ロッテンマイヤーさんは、セバスチャンをよんで、ハイジを部屋《へや》にもどしました。セバスチャンは一生《いっしょう》けん命《めい》、ハイジをなぐさめました。

「悲《かな》しまないで、元気《げんき》を出《だ》しましょう。子《こ》ねこたちも、屋根《やね》うらで元気《げんき》にしていますよ。あとでいっしょに、ねこたちを見《み》に行《い》きましょう。」

ハイジは少《すこ》しだけうなずきましたが、ぜんぜん元気《げんき》が出《で》ませんでした。

（デーテおばさんはすぐに帰《かえ》れるといったのに、ちっとも帰《かえ》らせてもらえない。早《はや》く、おじいさんや、ペーターのおばあさんに会《あ》いたい！）

次《つぎ》の日《ひ》、ロッテンマイヤーさんは、ハイジがひどいかっこうでお屋《や》しきを出《で》ていこうとしたことを思《おも》い出《だ》し、ハイジの荷物《にもつ》や洋服《ようふく》を整理《せいり》することにしました。

「あら、それなら、わたしの洋服《ようふく》をハイジにあげてちょうだい。」

クララは、自分《じぶん》のお古《ふる》のドレスやショールを、ハイジにたくさんプレゼントしました。

ところが、洋服《ようふく》を整理《せいり》しているときに、ハイジがためこんでいた白《しろ》パンが見《み》つかってしまったのです。

「こんな古《ふる》くて、かたいパンをしまっているなんて！」

ロッテンマイヤーさんは、白《しろ》パンを全部《ぜんぶ》すててしまいました。

これまでなくのをがまんしていたハイジでしたが、白《しろ》パンがすてられると、大《おお》きな声《こえ》でなきはじめました。

「おばあさんにわたすパンがなくなっちゃった。もうおばあさんに、何《なに》もあげられない！」

むねがはりさけそうになっているハイジに、クララがやさしくいいました。

「なかないで、ハイジ。あなたが山《やま》に帰《かえ》る日《ひ》が来《き》たら、白《しろ》パンをあげるわ。やくそくする。だから、そんなになかないで。」

ハイジはしばらく、なきやむことができませんでした。でも、クララのなぐさめの言葉《ことば》はよくわかったので、それを心《こころ》のささえにしようと思《おも》いました。

数日後《すうじつご》、クララのお父《とう》さまのゼーゼマンさんが、たくさんのおみやげを持《も》って、仕事《しごと》の旅《たび》からもどってきました。まずは、むすめにあいさつしようと、クララの部屋《へや》に入《はい》っていくと、ちょうどそこにハイジもいました。

「やあ、こちらが、スイスの小《ちい》さなおじょうさんだね。おいで、あく手《しゅ》しよう。きみとクララはいい友《とも》だちになったのかい。けんかしたり、意地悪《いじわる》したり、していないかい。」

「いいえ、クララはいつもやさしいわ。」

ハイジは、答《こた》えました。

「お帰《かえ》りなさい、パパ。けんかなんて一度《いちど》もしなかったわ。」

クララは元気《げんき》よくいいました。

お父《とう》さまは食堂《しょくどう》に行《い》き、ロッテンマイヤーさんとも話《はなし》をしました。

ロッテンマイヤーさんは、とてもふまんそうに、ハイジのことを話《はな》しはじめました。

「わたしたちはみんな、だまされてしまったのです。クララおじょうさまの遊《あそ》び相手《あいて》をスイスからよびよせたのですが、とんでもない子《こ》どもだったのです！　あの子《こ》がやることは、理解《りかい》できません。」

お父《とう》さまは、家庭教師《かていきょうし》の先生《せんせい》からも意見《いけん》を聞《き》こうとしました。それから、もう一度《いちど》クララの部屋《へや》へ行《い》き、クララと二人《ふたり》きりになるために、ハイジに水《みず》をくみに行《い》ってもらいました。

「愛《あい》するクララ、はっきりと教《おし》えてくれないかな。ロッテンマイヤーさんはなぜ、ハイジはおかしいなどと考《かんが》えるんだろう。きみには説明《せつめい》できるかな。」

もちろん、クララにはちゃんと説明《せつめい》できました。そして、ロッテ

ンマイヤーさんが、ねこの赤《あか》ちゃんを見《み》てこわがった話《はなし》を、お父《とう》さまにも聞《き》かせました。
「じゃあ、あの子《こ》を家《いえ》に送《おく》りかえすことはのぞまないんだね、クララ。」
「そうよ、パパ。ハイジが来《き》てからは、毎日《まいにち》がとても楽《たの》しいのよ。それにハイジはたくさんのことを話《はな》してくれるし。」
「わかった、クララ。ハイジには、

この屋《や》しきにいてもらおう。」

お父《とう》さまは、ロッテンマイヤーさんに、ハイジをずっと、屋《や》しきにおくつもりであることをつたえました。

「ロッテンマイヤーさん、クララはハイジが来《き》てくれて、とても楽《たの》しいといっていますよ。どうか、ハイジがこの家《いえ》で楽《たの》しくすごせるように、いつもやさしくしてあげてください。」

お父《とう》さまは二週間《しゅうかん》お屋《や》しきにいてから、また遠《とお》くに出《で》かけていきました。その代《か》わりに、クララのおばあさまが、しばらくお屋《や》しきに来《く》ることになりました。

9 クララのおばあさま

おばあさまが、お屋《や》しきにとうちゃくしました。クララが話《はな》していたとおり、おばあさまはとてもやさしい方《かた》で、ハイジを見《み》つめる目《め》には、温《あたた》かい気《き》持《も》ちがあふれていました。

「こんにちは、ハイジ。あなたがいつも、クララとなかよくしてくれて、とてもうれしいわ。」

しかし、ロッテンマイヤーさんは、ハイジのことでとてもこまっているのだと、おばあさまに話《はな》しました。

「あの子《こ》には、何《なに》かをおぼえるなんて、無《む》理《り》なんです。まだ字《じ》も読《よ》

めません。」

それを聞《き》いて、おばあさまはおどろきました。ハイジが何《なに》もおぼえられない子《こ》には見《み》えなかったからです。そこで、自分《じぶん》でたしかめることにしました。

「ペーターも字《じ》が読《よ》めないし、わたしにも、むずかしすぎるわ。」

ハイジは、字《じ》をおぼえることを、さいしょから、あきらめていました。

「ハイジ、あなたはかしこい子《こ》よ。きっと、字《じ》が読《よ》めるようになるわ。」

おばあさまは、はげましました。おばあさまは、ハイジがときどき悲《かな》しそうな顔《かお》をするのにも、気《き》がつきました。

「具合《ぐあい》が悪《わる》いの？　何《なに》か、なやんでいるの？」

でもハイジは、アルプスに帰《かえ》りたいなどといったら、恩知《おんし》らずだと思《おも》われるのではないかと心配《しんぱい》して、何《なに》も話《はな》すことができません。

「ハイジ、もしだれにもいえないなやみをかかえているのなら、天《てん》の神様《かみさま》にお話《はな》しして、助《たす》けてくださるようにおねがいしなさい。」

おばあさまはハイジに、おいのりの仕方《しかた》を教《おし》えてくれました。

おばあさまにはげまされ、自信《じしん》をつけたハイジは、それから一週《しゅう》間《かん》ほどで、字《じ》が読《よ》めるようになり、家庭教師《かていきょうし》の先生《せんせい》も、びっくりしたのでした。

「がんばったわね、ハイジ。これは、わたしからのプレゼントよ。」

おばあさまは、きれいなさし絵《え》の入《はい》ったりっぱな本《ほん》を、ハイジにわたしました。その中《なか》には、牧場《まきば》に立《た》つ羊飼《ひつじか》いの絵《え》がありました。

（まるでアルプスみたい。おじいさんやペーターは元気《げんき》かなあ……。）

ハイジはその絵《え》を見《み》るたびに、山《やま》での生活《せいかつ》を思《おも》い出《だ》すのでした。


しばらくして、やさしいおばあさまがフランクフルトをはなれる日《ひ》が来《き》ました。おばあさまがいなくなると、お屋《や》しきの中《なか》はすっかりさびしくなりました。

次《つぎ》の日《ひ》、授業《じゅぎょう》が終《お》わったあとで、ハイジは本《ほん》をかかえ、クララのところに来《き》ていいました。

「クララ、おばあさまがいなくてさびしいけれど、これからはいつも、わたしが本《ほん》を読《よ》んであげるわ。」

ハイジはさっそく、おばあさまにもらった本《ほん》を読《よ》みはじめました。ところが、お話《はなし》の中《なか》に、病気《びょうき》で死《し》にそうなおばあさんが出《で》てきたではありませんか。

「ああ、おばあさんが死《し》んでしまう！」

ハイジは悲《かな》しくなって、なきだしてしまいました。ハイジには、本《ほん》の中《なか》の出来事《できごと》が、ほんとうに起《お》こったことのように思《おも》えてしまったのです。

「この本《ほん》にのっているのは、べつの人《ひと》のお話《はなし》なのよ。」

クララがなだめても、ハイジはなきやむことができません。次《つぎ》か

ら次《つぎ》へと、悲《かな》しいそうぞうがうかんできてしまいます。
そのとき、ロッテンマイヤーさんが部屋《へや》に入《はい》ってきて、ハイジをしかりつけました。
「アーデルハイト、わけもなくなきさけぶのはもうたくさん！　もし、またお話《はなし》を読《よ》んで大《おお》さわぎするようだったら、その本《ほん》を取《と》りあげますよ！」

それを聞《き》いて、ハイジは真《ま》っ青《さお》になりました。この本《ほん》は、ハイジのいちばん大切《たいせつ》な宝物《たからもの》になっていたからです。

（この本《ほん》だけは、ぜったいに取《と》られたくない。）

ハイジは急《いそ》いで、なみだをふきました。

この日《ひ》から、ハイジは本《ほん》を読《よ》んでもなかなくなりました。でも、自分《じぶん》の気持《きも》ちをおさえるために、たいへんな努力《どりょく》をしていて、そのためにしかめっつらをすることもありました。

（アルプスに帰《かえ》りたい。早《はや》く、おじいさんに会《あ》いたい。）

やがてハイジは食《しょく》よくがなくなり、どんどんやせていきました。

食事《しょくじ》のとき、セバスチャンはいつも心配《しんぱい》して、いいました。

「もっと食《た》べなくてはいけませんせん。病《びょう》気《き》になってしまいますよ。」

でも、ハイジは食事《しょくじ》にほとんど手《て》をつけようとしません。

長《なが》い時間《じかん》がたち、きせつがめぐっていきます。でも、ハイジには、今《いま》が夏《なつ》なのか冬《ふゆ》なのか、よくわからなくなっていました。ゼーゼマン家《け》では、めったに外出《がいしゅつ》もしないし、外出《がいしゅつ》したとしても町《まち》の中《なか》を馬《ば》車《しゃ》でちょっと走《はし》るだけだったからです。

ハイジは、よくひとりぼっちで部屋《へや》のかたすみにすわり、両手《りょうて》で顔《かお》をおおっていました。

(アルプスに帰《かえ》りたいけど、そのことはだれにもいえない。)

ハイジは山《やま》に帰《かえ》りたい気持《きも》ちを、心《こころ》の中《なか》にじっとおさえつけていたのです。

10 ゆうれいさわぎ

そうこうするうちに、ゼーゼマン家《け》では、きみょうなことが起《お》こるようになりました。毎朝《まいあさ》、みんなが起《お》きてくると、げんかんのドアが大《おお》きく開《あ》いているのです。

「まあ、たいへん！　どろぼうかしら。」

いろいろと調《しら》べてみましたが、ぬすまれたものは何《なに》もありません。

ドアのかぎを二つにふやしてみましたが、朝《あさ》になると、また大《おお》きく開《あ》いています。みんながどんなに早起《はやお》きをしても、ドアは開《あ》いているのでした。

「セバスチャン、どうしてドアが開《あ》いてしまうのか、たしかめなさい。」

ロッテンマイヤーさんは、セバスチャンに夜《よる》の見《み》はりをたのみました。セバスチャンが夜《よる》の一時《じ》ごろ、ろうかに出《で》てみると、げんかんのドアが開《あ》いていて、階段《かいだん》に白《しろ》いかげがうかんでいました。

「これは、ゆうれいにちがいない！」

セバスチャンは、おそろしさのあまり、一歩《いっぽ》も動《うご》けませんでした。

ロッテンマイヤーさんはクララのお父《とう》さまに手紙《てがみ》を書《か》いて、お屋《や》しきにゆうれいがいるので帰《かえ》ってきてください、とおねがいしました。クララのお父《とう》さまは、さっそくもどってくると、めしつかいた

ちから話《はなし》を聞《き》き、その夜《よる》は自分《じぶん》で見《み》はりをすることにしました。古《ふる》くからの友人《ゆうじん》でお医者《いしゃ》さんのクラッセン先生《せんせい》にも、いっしょに見《み》はってもらうことにしました。もしものときのために、ピストルも用意《ようい》しています。

夜《よる》の一時《じ》になると、かすかな音《おと》が聞《き》こえてきました。だれかが、げんかんでつっかいぼうをはずし、かぎを二度回《どまわ》して、ドアを開《あ》けています。

クララのお父《とう》さまとクラッセン先生《せんせい》がろうかに出《で》てみると、なんと、そこにいたのは白《しろ》いねまきを着《き》たハイジでした。ハイジはこまったような目《め》で、明《あか》るいろうそくの火《ひ》と、ピストルを見《み》つめています。

「ハイジ、これはなんのまねだ。」

クララのお父《とう》さまは、たずねました。

「どうしてここにいるのか、自分《じぶん》でもわかりません。」

ハイジはおどろきのあまり、雪《ゆき》のように白《しろ》い顔《かお》になって答《こた》えました。

そのようすを見《み》ていたクラッセン先生《せんせい》が、いいました。

「これはわたしの担当《たんとう》だ。わたしがまず、この子《こ》を部屋《へや》につれていこう。」

先生《せんせい》はピストルをゆかにおくと、ふるえているハイジの手《て》をやさしくとり、階段《かいだん》に向《む》かって歩《ある》いていきました。

「こわがらなくていいんだよ。何《なに》も悪《わる》いことは起《お》こらないからね。

安心《あんしん》していなさい。」

ハイジの部屋《へや》に入《はい》ると、先生《せんせい》はハイジをベッドにねかせ、いろいろとしつもんをしました。

「さっきは、どこに行《い》こうとしていたのかな。」

「わたし、どこにも行《い》くつもりはありませんでした。気《き》がついたら、あそこにいたんです。」

「そうか……。もしかしたら、ゆめを見《み》たのかな。」

「ええ、毎日《まいにち》、同《おな》じゆめを見《み》ます。すると、アルプスにいるような気持《きも》ちになるの。それで、今《いま》は空《そら》の星《ほし》がきれいに光《ひか》っているはずだと思《おも》って、急《いそ》いで小屋《こや》のとびらを開《あ》けると、ほんとうにきれいなんです。でも目《め》がさめると、いつもまだフランクフルトなの。」

「それで、毎朝《まいあさ》ないてしまうのかい。」

「いいえ、なくのはダメなんです。ロッテンマイヤーさんにおこられるから。」

クラッセン先生《せんせい》は、ハイジをやさしい目《め》で見《み》つめました。

「ないたって、悪《わる》くはないよ。すきなだけないて、それから元気《げんき》になって、ねむるんだよ。あしたになれば、すべてがよくなっているからね。」

先生《せんせい》はそういうと、クララのお父《とう》さまのところにもどり、ハイジは、ねている間《あいだ》に知《し》らずに歩《ある》きまわってしまう「夢遊病《むゆうびょう》」という病気《びょうき》だと話《はな》しました。

「あの子《こ》はアルプスをなつかしむあまり、心《こころ》が病気《びょうき》になってしまったんだ。どんどんやせているし、このままでは、手《て》おくれになってしまう。あの子《こ》を助《たす》けるためには、すぐに山《やま》へ帰《かえ》らせるしか、方法《ほうほう》はありません。」

クラッセン先生《せんせい》は、お父《とう》さまにそうつたえました。お父《とう》さまはおどろきましたが、ハイジが元気《げんき》になるように、おじいさんのもとへ帰《かえ》らせてやろうと決心《けっしん》しました。

11

ハイジ、アルプスに帰《かえ》る

次《つぎ》の朝《あさ》、クララはお父《とう》さまから、ハイジは病気《びょうき》なので、元気《げんき》になれるようにアルプスに帰《かえ》らせなければいけない、という説明《せつめい》を聞《き》きました。クララにとっては悲《かな》しいことですが、ハイジのためですから、しかたがありません。クララは、ハイジがよろこびそうなものを、たくさん持《も》たせてあげようと思《おも》いました。

「ハイジ、今《いま》からアルプスに帰《かえ》れるよ。」

クララのお父《とう》さまは、食堂《しょくどう》でハイジに、そうつたえました。

「おじいさんのところに？」

ハイジは、息《いき》が止《と》まりそうになるほど、びっくりしました。

「どうだい、帰《かえ》りたくないのかい？」

「いいえ、帰《かえ》りたいです！　今《いま》までずっと、帰《かえ》りたかったんです。」

「そうだろうね。ついに、帰《かえ》れる日《ひ》が来《き》たんだよ。しっかり朝《あさ》ごはんを食《た》べて、馬車《ばしゃ》に乗《の》って出発《しゅっぱつ》だ！」

ハイジはむねがいっぱいになってしまって、朝《あさ》ごはんものどを通《とお》りません。それから、すぐにおわかれをいうために、クララの部屋《へや》に行《い》きました。

「来《き》て、ハイジ。トランクにつめてもらった荷物《にもつ》を見《み》てちょうだい。おばあさんへの白《しろ》パンも、ちゃんと用意《ようい》したわよ。」

クララはハイジに、かごに入《はい》った十二このきれいな白《しろ》パンを見《み》せました。

「わあ、うれしい！　おばあさんもきっとよろこぶわ。」

ハイジは、大《おお》はしゃぎです。

げんかんで待《ま》っていたロッテンマイヤーさんは、ハイジが古《ふる》い赤《あか》いショールを持《も》っているのを見《み》てふきげんになり、ショールを取《と》りあげようとしましたが、クララのお父《とう》さまに止《と》められました。

お父《とう》さまはハイジを温《あたた》かく見送《みおく》りながら、いいました。

「わたしたちは、きみのことをわすれないよ。」

スイスに向《む》かう列車《れっしゃ》の中《なか》で、ハイジは何時間《なんじかん》もしずかにすわっていました。これからおじいさんのところに帰《かえ》るのだと思《おも》うと、いろいろな風景《ふうけい》が、次々《つぎつぎ》と心《こころ》にうかんできました。

（ペーターのおばあさんは、元気《げんき》でいるかしら。みんな、わたしのことがわかるかしら。）

デルフリ村《むら》に着《つ》いたのは、次《つぎ》の日《ひ》の夕方《ゆうがた》でした。ハイジを見《み》て、たくさんの人《ひと》が集《あつ》まってきました。みんな、どうしてフランクフルトから帰《かえ》ってきたのか、知《し》りたがっていました。でもハイジは、できるだけ急《いそ》いで山道《やまみち》を登《のぼ》っていきました。上《うえ》に行《い》けば行《い》くほど、頭《あたま》の中《なか》は、不安《ふあん》でいっぱいになりました。

（おばあさんはまだ、部屋《へや》のすみにすわっているかしら。まだお元《げん》気《き》かしら。）

とうとう、ペーターの小屋《こや》が見《み》えてきました。ハイジはもう、がまんができません。そのまま走《はし》りだし、小屋《こや》の中《なか》にとびこみました。

「あら、なんてことだろう。」

部屋《へや》のすみから声《こえ》が聞《き》こえます。

「わたしたちのハイジがここにいたころ、いつもそんなふうに、とびこんできたものだよ。ああ、生《い》きているうちに、またあの子《こ》に会《あ》えたらねえ。今入《いまはい》ってきたのは、だれなんだい？」

「おばあさん、わたしよ！」

ハイジはさけびながら、おばあさんにかけより、両手《りょうて》をにぎりしめました。おばあさんの見《み》えない目《め》から、うれしなみだがぽとぽとと落《お》ちました。

「ハイジなんだね、ほんとうに、もどってきたんだね？」

「うん、うん、そうよ、おばあさん。」

ハイジはかごから白《しろ》パンを取《と》りだし、十二こ全部《ぜんぶ》をおばあさんのひざに乗《の》せました。

「ああ、ハイジ！　なんてありがたいおみやげを持《も》ってきてくれたんだろう。でも、いちばんうれしいのは、ハイジがもどってきてくれたことだよ！」

「今《いま》から、おじいさんのところに行《い》かなくちゃ。でも、あしたまた来《く》るからね。お休《やす》みなさい、おばあさん。」

ハイジはおばあさんにそうやくそくすると、さらに山《やま》を登《のぼ》っていきました。

山《やま》は一面《いちめん》、夕日《ゆうひ》にてらされています。ハイジは、すばらしい風景《ふうけい》の中《なか》で立《た》ちどまりました。うれしくて、うれしくて、たまりません。山《やま》の上《うえ》に向《む》かって走《はし》っていくと、まもなく、おじいさんの小屋《こや》の上《うえ》にあるモミのこずえが見《み》えてきました。おじいさんは、小屋《こや》のわきのベンチで、パイプをふかしていました。

「おじいさん！　おじいさん！　おじいさん！」

ハイジはおじいさんにだきつき、ただ、そうさけびました。おじいさんは、何《なに》も話《はな》すことができません。長《なが》い間《あいだ》、なくことがなかったおじいさんの目《め》に、今《いま》はなみだがあふれています。おじいさんは、自分《じぶん》の首《くび》からハイジの手《て》をはなすと、ハイジをひざにのせ、しばらくの間《あいだ》ながめていました。

「また帰《かえ》ってきたんだな、ハイジ。あっちを追《お》いだされたのか？」

「いいえ、おじいさん。そんなことないわ。みんな、とっても親切《しんせつ》だったのよ。クララも、おばあさまも、ゼーゼマンさんも。でも、わたし、おじいさんのところに帰《かえ》りたくて、帰《かえ》りたくて、もうがまんができなかったの。」

ハイジはおじいさんに、ゼーゼマンさんからあずかった手紙《てがみ》や、お金《かね》のつつみをわたしました。おじいさんは手紙《てがみ》を読《よ》み、お金《かね》はハイジのためにしまっておくことにしました。そして、新《あたら》しいほし草《くさ》で、ベッドを作《つく》ってくれました。

「おじいさん、フランクフルトの大《おお》きくてりっぱなベッドより、ほし草《くさ》のベッドのほうが、何倍《なんばい》もねごこちがいいわ！」

その夜《よる》、ハイジはぐっすりとねむることができました。おじいさんは夜中《よなか》に、何度《なんど》もハイジのようすをたしかめましたが、ハイジはまったく目《め》をさまさずに、ねむりつづけていました。アルプスに帰《かえ》りたい、というゆめがかなえられて、すっかり安心《あんしん》したのです。

次《つぎ》の日《ひ》、またペーターの小屋《こや》に行《い》ったハイジは、おばあさんの古《ふる》い本《ほん》を見《み》つけました。

「おばあさん、わたし、今《いま》では字《じ》が読《よ》めるのよ。おばあさんの古《ふる》い本《ほん》を読《よ》んであげましょうか。」

「ああ、そうしておくれ。」

おばあさんは、びっくりしながらいいました。

ハイジは、神様《かみさま》のめぐみについて書《か》いてあるところを読《よ》みました。聞《き》いているおばあさんの顔《かお》は、どんどんうれしそうになりました。目《め》が見《み》えなくても、もう少《すこ》しも悲《かな》しそうなところはありません。

「ペーターのおばあさんに本《ほん》を読《よ》んであげたら、とってもよろこんでくれたの。おじいさんにも読《よ》んであげる！」

家《いえ》にもどると、ハイジはクララのおばあさまにもらった本《ほん》を取《と》りだして、おじいさんのためにお話《はなし》を読《よ》みました。それは、ハイジがいつも見《み》ていた、羊飼《ひつじか》いのさし絵《え》がついたお話《はなし》でした。

わかいころ、自分勝手《じぶんかって》なことばかりしていた羊飼《ひつじか》いが、心《こころ》を入《い》れかえて自分《じぶん》の家《いえ》にもどり、お父《とう》さんにあやまるお話《はなし》です。

「ほらね、おじいさん。この羊飼《ひつじか》いは、とてもいい人《ひと》になって、幸《しあわ》せにくらしたんですって！」

その話《はなし》を聞《き》いたおじいさんは、まじめな顔《かお》でじっと考《かんが》えこんでいました。

夜《よる》、ハイジがねてしまったあとで、おじいさんは両手《りょうて》を組《く》み、小《ちい》さな声《こえ》でおいのりをしました。おじいさんが神様《かみさま》においのりするのは、何十年《なんねん》ぶりでしょうか。今《いま》まで、自分勝手《じぶんかって》に生《い》きてきたけれど、これからは正《ただ》しい生《い》き方《かた》をしようと、決心《けっしん》したのです。

12 おじいさんの仲直《なかなお》り

よく朝《あさ》は日曜日《にちようび》でした。デルフリ村《むら》から、教会《きょうかい》のかねの音《ね》が聞《き》こえてきます。

「さあ、ハイジ、出《で》かけよう。よそ行《い》きの服《ふく》を着《き》るんだよ。」

おじいさんはそういうと、自分《じぶん》も銀色《ぎんいろ》のボタンがついた、りっぱな服《ふく》に着《き》がえました。

「わあ、おじいさん、とってもすてき。」

おじいさんは、ハイジと手《て》をつないで、デルフリ村《むら》に下《お》りていきました。

いつもこわい顔《かお》をしていたおじいさんが、村《むら》の教会《きょうかい》にあらわれたので、村《むら》の人《ひと》たちはみんなびっくりしました。おじいさんは、牧師《ぼくし》さんに、今《いま》までのことをあやまりました。

「これからは、冬《ふゆ》の間《あいだ》、デルフリ村《むら》に住《す》んで、ハイジを学校《がっこう》に行《い》かせます。どうぞよろしくおねがいします。」

牧師《ぼくし》さんはとてもよろこんで、おじいさんに手《て》をさしだしました。

村《むら》の人《ひと》たちもこのようすを見《み》て、とてもよろこび、おじいさんとハイジに声《こえ》をかけました。

「おじいさん、よく村《むら》に下《お》りてきてくれましたね。」

「ぜひ今度《こんど》、うちにお茶《ちゃ》を飲《の》みに来《き》てください。」

これまで、みんなからかわり者《もの》だと思《おも》われていたおじいさんですが、村《むら》の人《ひと》たちに受《う》けいれてもらうことができました。帰《かえ》り道《みち》、おじいさんは、ペーターのおばあさんとも話《はなし》をしました。

「冬《ふゆ》が来《く》る前《まえ》にまた、おたくの小屋《こや》を直《なお》しに来《き》ますよ。」

「おじいさん、ほんとうにありがとうございます。」

ペーターのおばあさんは、心《こころ》からお礼《れい》をいいました。

ある日《ひ》、デルフリ村《むら》の郵便局《ゆうびんきょく》にとどいたクララからの手紙《てがみ》を、ペーターが運《はこ》んできてくれました。手紙《てがみ》には、「秋《あき》になったら、ハイジたちが住《す》んでいる所《ところ》に近《ちか》い温泉《おんせん》に、つれていってもらう予定《よてい》です」

と、書《か》かれていました。

「わあ、うれしい。そうしたら、毎日《まいにち》クララに会《あ》えるのね！」

ハイジは大《おお》よろこびしました。

しかし、クララは病気《びょうき》が悪《わる》くなってしまって、秋《あき》にはたずねてくることができませんでした。その代《か》わりに、お医者《いしゃ》さんのクラッセン先生《せんせい》が、ハイジたちの小屋《こや》をたずねてきました。クララからのたくさんのおみやげもいっしょです。ハイジのためのあたたかい洋服《ようふく》や、おじいさんのたばこ。ペーターのおばあさんのひざかけもありました。

クラッセン先生《せんせい》は、九月《がつ》はずっとアルプスにいて、ハイジといっしょに山《やま》の上《うえ》の牧場《まきば》に行《い》ったり、おじいさんと山《やま》の中《なか》を歩《ある》きまわったりしました。じつは、クラッセン先生《せんせい》は、大事《だいじ》なむすめをなくしたばかりで、とても気持《きも》ちがしずんでいたのです。でも、ハイジやおじいさんといっしょに何日《なんにち》も山《やま》ですごすうちに、少《すこ》しずつ気持《きも》ちがおだやかになって、生《い》きるきぼうがわいてきました。

いよいよ、先生《せんせい》がフランクフルトにもどる日《ひ》が来《き》ました。先生《せんせい》はなんだかさびしそうです。ハイジとわかれるときに、先生《せんせい》はいいました。

「ああ、きみをまた、フランクフルトにつれていけたらなあ。」

「先生《せんせい》がよろこんでくれるなら、もう一度《いちど》フランクフルトに行《い》きましょうか。」

ハイジがたずねました。

「いや、きみはここにいて、あのモミの木《き》の音《おと》を聞《き》いていたほうがいいんだ。そうでないと、また病気《びょうき》になってしまうからね。だけど、もし、ぼくが病気《びょうき》でひとりぼっちになってしまったら、フランクフルトに来《き》てくれるかい。」

「ええ、わたし、きっと先生《せんせい》のところに行《い》くわ！」

ハイジはにっこりほほえんで、答《こた》えました。


十月《がつ》の半《なか》ば、寒《さむ》い冬《ふゆ》が来《き》て雪《ゆき》がつもる前《まえ》に、ハイジとおじいさんはデルフリ村《むら》に引《ひ》っこしました。おじいさんはデルフリ村《むら》にある古《ふる》い家《いえ》を手入《てい》れして、自分《じぶん》とハイジが住《す》めるように直《なお》したのです。

ハイジはその家《いえ》から学校《がっこう》に通《かよ》い、熱心《ねっしん》に勉強《べんきょう》するようになりました。ときどきペーターのおばあさんをたずねていって、古《ふる》い本《ほん》を読《よ》んであげました。でも、雪《ゆき》がつもっているし、学校《がっこう》にも行《い》かなければいけないので、毎日《まいにち》たずねていくことはできません。

（どうすれば、おばあさんに毎日《まいにち》、本《ほん》を読《よ》んであげられるかしら。）

ペーターは、あいかわらず字《じ》が読《よ》めません。自分《じぶん》にはおぼえられないと、あきらめてしまっていたのです。ハイジは、おばあさんが毎日《まいにち》、家《いえ》で本《ほん》を読《よ》んでもらえるように、ペーターに字《じ》を教《おし》えることにしました。

「字《じ》をおぼえるのなんか、つまんないよ。」

ペーターは、もんくをいいました。

でも、ハイジは、字《じ》をおぼえるための楽《たの》しい歌《うた》をうたいながら、ペーターに教《おし》えました。

「ほらね、こうやって歌《うた》にしておぼえると、かんたんでしょ。」

ペーターはだんだんやる気《き》が出《で》てきて、冬《ふゆ》の間《あいだ》に全部《ぜんぶ》の字《じ》が読《よ》め

るようになりました。

「こんなことがあるなんて。ペーターがついに字《じ》をおぼえてくれた！」

ペーターのおばあさんは、大《おお》よろこびです。村《むら》の先生《せんせい》も、今《いま》まで字《じ》が読《よ》めなかったペーターが、とつぜん、すらすらと本《ほん》を読《よ》みはじめたので、とてもびっくりしました。

13 クララ、アルプスに来《く》る

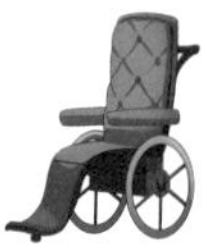

五月《がつ》になり、ハイジとおじいさんはまた山《やま》の上《うえ》の小屋《こや》にもどりました。ある日《ひ》、なつかしいクララから、待《ま》ちに待《ま》った手紙《てがみ》がとどきました。

「おばあさまといっしょに、もうすぐスイスに行《い》きます。さいしょの六週間《しゅうかん》は、温泉《おんせん》で体《からだ》を休《やす》めます。そのあとはデルフリ村《むら》のホテルにとまって、毎日《まいにち》ハイジのところに遊《あそ》びに行《い》くからね。」

クララがそんなふうに書《か》いていたので、ハイジは楽《たの》しみでたまらなくなりました。

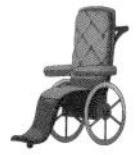

「クララが来《き》たら、何《なに》をして遊《あそ》ぼうかな。どこに案内《あんない》しよう？」

ハイジはそんなことを考《かんが》えては、わくわくしていました。おじいさんも、クララが来《き》たときのために、新《あたら》しいりっぱないすを作《つく》ってくれました。

ただ、ペーターは、フランクフルトからお客《きゃく》さんが来《く》ると、ハイジと遊《あそ》べなくなってしまうと思《おも》って、ふきげんになりました。

六月《がつ》のある朝《あさ》、かごにすわった少女《しょうじょ》を二人《ふたり》の男《おとこ》の人《ひと》がかついで、山道《やまみち》を登《のぼ》ってきました。ついに、クララたちが山《やま》に来《き》たのです！

クララのおばあさまは、その後《うし》ろから馬《うま》に乗《の》ってついてきます。そのあとから、車《くるま》いすやたくさんの荷物《にもつ》が運《はこ》ばれてきました。

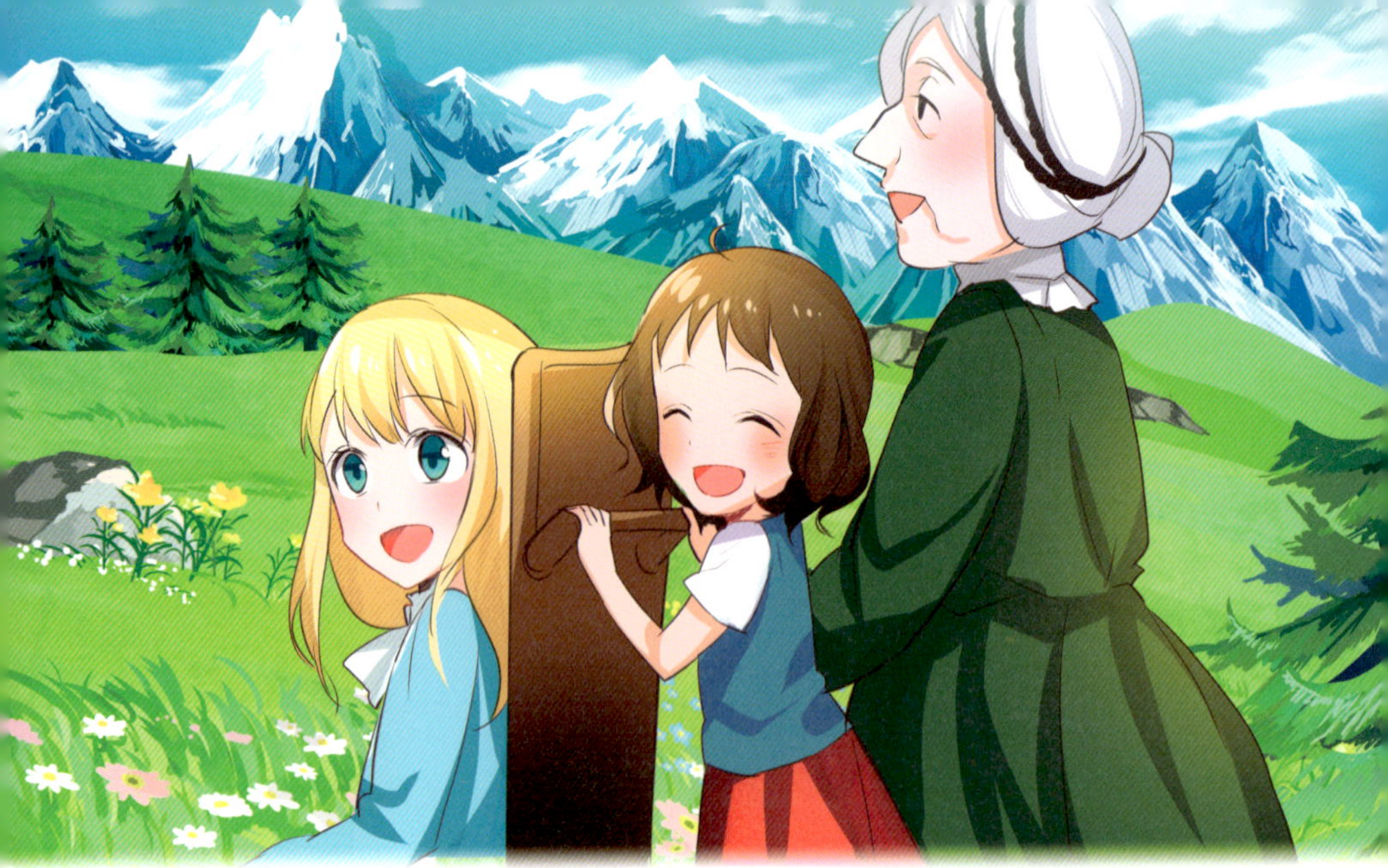

クララのおばあさまは、おじいさんに会《あ》うと、すぐにこういいました。

「まあ、なんてすばらしいところでしょう！　こんなにすてきだとは思《おも》いませんでした。それにハイジは、とても元《げん》気《き》そう。」

「ほんとうに、きれい！」

クララもそういって、目《め》をかがやかせながらあたりを見回《みまわ》しています。

ハイジはクララの車《くるま》いすをおして、小《こ》屋《や》のまわりを案内《あんない》しました。おじいさんが小屋《こや》の前《まえ》にテーブルを運《はこ》び、みんなで、すばらしいけしきをながめながら、お昼《ひる》ごはんを食《た》べました。

「こんなおいしいチーズは、はじめて！　もう一切《ひとき》れ、食《た》べてもいいですか？」

クララは思《おも》わず、お代《か》わりをしました。

午後《ごご》になり、デルフリ村《むら》のホテルに帰《かえ》る時間《じかん》が近《ちか》づきましたが、クララは、もう少《すこ》し山《やま》の上《うえ》にいたい、とおばあさまにおねがいしました。

「おじょうさんをしばらくここでおあずかりしますよ。ハイジといっしょに、ほし草《くさ》のベッドでねむればいいでしょう。」

おじいさんが、そんなふうにいってくれました。

「うれしい！　わたし、ハイジとずっといっしょにいられるのね。」

クララは大《おお》よろこびです。

「クララの世話《せわ》をおまかせしてもいいんですか。ほんとうに、ありがとうございます。」

おばあさまは、心《こころ》から感謝《かんしゃ》しました。

クララは四週間《しゅうかん》、ハイジたちの小屋《こや》でくらすことになりました。

しんせんな山《やま》の空気《くうき》の中《なか》で、クララは、どんどん食《しょく》よくがわいてきて、ミルクもパンも、たくさん食《た》べました。毎日《まいにち》おばあさまに手紙《てがみ》を書《か》き、夜《よる》はほし草《くさ》のベッドで星《ほし》をながめながら、ねむりにつきます。おじいさんは、熱心《ねっしん》にクララの世話《せわ》をしました。

「おじょうさん、ちょっとだけ立《た》ってみませんか。」

ある日《ひ》のこと、おじいさんは、クララに声《こえ》をかけて、少《すこ》しずつ立《た》つ練習《れんしゅう》をさせてみました。クララは、さいしょは足《あし》がいたそうでしたが、だんだんと立《た》てるようになりました。

「そうそう、その調子《ちょうし》ですよ！」

おじいさんは、練習《れんしゅう》の時間《じかん》を毎日少《まいにちすこ》しずつのばしていきました。

ハイジは、山《やま》の上《うえ》の牧場《まきば》がどんなにきれいか、クララに話《はな》して聞《き》かせました。

「ねえ、おじいさん、おねがい！　クララをだいていってあげて。どうしても、きれいな牧場《まきば》を見《み》せてあげたいの。」

ハイジはおじいさんに、クララを牧場《まきば》までつれていってもらうことにしました。でもペーターは、おもしろくありません。クララが来《き》てから、ハイジはずっとクララとばかり遊《あそ》んでいたからです。クララが牧場《まきば》に行《い》く日《ひ》の朝《あさ》、ペーターはおじいさんの小屋《こや》の外《そと》においてある車《くるま》いすを見《み》て、思《おも》いました。

（これがなければ、クララはフランクフルトに帰《かえ》るだろう。そうすれば、またハイジをひとりじめできる。）

ペーターは、車《くるま》いすを谷底《たにぞこ》に落《お》としてしまいました。

車《くるま》いすがなくなって、クララはとほうにくれています。でも、おじいさんはハイジとのやくそくどおり、クララを牧場《まきば》までだいていってくれました。ハイジは、自分《じぶん》のすきな花《はな》がたくさんさいている場所《ばしょ》をクララに見《み》せたくて、いいことを思《おも》いつきました。

「ねえ、ペーター、クララにかたをかしてあげて。さあ、クララ、わたしたちにつかまって歩《ある》いてみて。」

クララは、ためらっていました。でも思《おも》いきって、二人《ふたり》につかまりながら、歩《ある》いてみました。一歩《ぽ》、また一歩《ぽ》。

「見《み》て、ハイジ！　わたし、歩《ある》けるわ！」

「クララ、すごい！　ほんとに、自《じ》分《ぶん》の足《あし》で歩《ある》いているのね。」

クララの歩《あゆ》みは、一歩《ぽ》ごとにしっかりしてきました。そして、とうとうハイジの大《だい》すきな花畑《はなばたけ》まで、歩《ある》いていくことができたのです。

クララの車《くるま》いすはその後《ご》、谷底《たにぞこ》でぐちゃぐちゃになって見《み》つかりました。

「こんなにりっぱな車《くるま》いすを落《お》としたやつは、けいさつにつかまったらひどいばつをうけるぞ。」

村《むら》の人《ひと》たちは、そういってうわさしました。

そのうわさを聞《き》いたペーターはおそろしくなり、毎日《まいにち》びくびくしていました。

クララは、毎日歩《まいにちある》く練習《れんしゅう》をつづけました。おばあさまへの手紙《てがみ》に

は、歩《ある》けるようになったことは、わざと書《か》きませんでした。そして、ある日、

「おばあさまに見《み》せたいものがあるので、おじいさんの小屋《こや》に、また来《き》てください。」

という手紙《てがみ》を、おばあさまに送《おく》りました。

その後《ご》、何《なに》も知《し》らずに山《やま》にやってきたおばあさまは、クララとハイジが小屋《こや》のわきのベンチにすわっているのを見《み》つけました。

「車《くるま》いすはどうしたの。」

おばあさまは、クララのほうにかけよろうとしました。そのときです。

「おばあさま、ほら、見《み》て。」

なんと、クララがハイジといっしょに、立《た》ちあがり、歩《ある》いたではありませんか。

「ああ、クララ！　なんてことでしょう！　あなた、歩《ある》けるようになったのね！」

おばあさまはわらったりないたりしながら、クララをしっかりと

だきしめました。

「おじいさん、なんとお礼《れい》をいったらいいのでしょう。あなたが世《せ》話《わ》をしてくださったおかげです。クララがこんなにも元気《げんき》になって、おまけに、歩《ある》けるようになるなんて！」

おばあさまは、仕事《しごと》でパリにいるお父《とう》さまに、さっそくこのニュースをつたえることにしました。ところがお父《とう》さまは、みんなをびっくりさせようとして、ちょうどこちらに向《む》かっていたのです。

お父《とう》さまが坂道《さかみち》を上《のぼ》ってくると、金《きん》ぱつでほおの赤《あか》い女《おんな》の子《こ》が、ハイジといっしょに歩《ある》いてくるのが見《み》えました。お父《とう》さまは、はっとして立《た》ちどまりました。その子《こ》は、クララの死《し》んだお母《かあ》さまにそっくりだったのです。

「パパ、わたしよ、わからなかったの？」

クララが声《こえ》をかけました。

「クララ！　ほんとうにクララなのか？　歩《ある》いているじゃないか？」

お父《とう》さまは、たいへんなよろこびにつつまれました。

「やあ、ハイジ！　きみも元気《げんき》そうだね。こんなにうれしいことは、今《いま》までなかったよ！」

そこにおばあさまが来《き》て、クララのお父《とう》さまをおじいさんにしょうかいしました。

「ハイジのおじいさん、ほんとうにありがとうございます！　まさか、むすめが歩《ある》けるようになるとは、思《おも》ってもいませんでした。」

お父《とう》さまは心《こころ》からお礼《れい》をいい、おじいさんはクララがどうやって歩《ある》けるようになったのか、くわしく説明《せつめい》しました。

そこに、ペーターがやってきました。ペーターのびくびくしたようすを見《み》て、おばあさまはふしぎがりましたが、おじいさんは、ペーターが車《くるま》いすをこわしたことに気《き》づいていて、そのことをおばあさまにつたえました。

「ペーター、あなたがしたのは悪《わる》いことだけど、そのことがクララにとってはかえって、いいけっかになったわ。あなたは何日間《なんにちかん》もびくびくして、ぜんぜん楽《たの》しくなかったでしょ。このことをよくおぼえて、これからは悪《わる》いことをしないようにね。」

おばあさまはやさしく、ペーターにいいました。

おばあさまは、ペーターのおばあさんとも、話《はなし》をしてくれました。

ハイジがつれていかれるのではないかと、ペーターのおばあさんが心配《しんぱい》していたからです。

「おばあさん、わたしたちは、もうハイジをフランクフルトにつれていきません。その代《か》わり、これからはわたしたちが、毎年夏《まいとしなつ》になったらこちらに来《き》ますよ。ここは、ほんとうにすばらしい場所《ばしょ》ですからね。」

おばあさまは、そうやくそくしました。

クララのお父《とう》さまは、なんとかして、おじいさんにお礼《れい》がしたいと思《おも》いました。

「おじいさん、わたしはたくさんの財産《ざいさん》があっても、クララを元気《げんき》にしてやることができず、これまでつらい思《おも》いをしてきました。

ところがあなたが、クララをこんなにも元気《げんき》にしてくださり、新《あたら》しい人生《じんせい》をプレゼントしてくれたのです。どうすればこのご恩《おん》にむくいられるか、おっしゃってください。何《なに》か、わたしたちにできることはないでしょうか。」

するとおじいさんは答《こた》えました。

「クララおじょうさまが元気《げんき》になられたことは、わしにとってもうれしいことです。だから、わざわざお礼《れい》などしていただくにはおよびません。

ただ、わしが気《き》になるのは、ハイジのことです。わしはもう年《とし》よりですが、死《し》んだあと、ハイジにのこしてやれるお金《かね》もありません。あの子《こ》が食《た》べものにこまったりしないように、どうか、わしが死《し》んだら、めんどうを見《み》てやっていただけませんか。」

「それはいうまでもないことです。ハイジはもう、うちの家族《かぞく》と同《おな》じです。この子《こ》は一生《いっしょう》、わたしたちがめんどうを見《み》るとおやくそくします。」

クララのお父《とう》さまとおじいさんは、しっかりとあく手《しゅ》をしました。

やがて、クララとおばあさまは、お父《とう》さまといっしょにフランクフルトへ帰《かえ》っていきました。でも、わかれも悲《かな》しくはありません。

これからは毎年《まいとし》会《あ》えると、わかっているのですから。

その後《ご》、デルフリ村《むら》に、フランクフルトでの仕事《しごと》をいんたいしたクラッセン先生《せんせい》が引《ひ》っこしてきました。クラッセン先生《せんせい》とハイジのおじいさんは、なかのいい友《とも》だちになりました。

「ハイジがここにいてくれて、なんてうれしいんだろう！」

ペーターのおばあさんは、ことあるごとに、何度《なんど》もそうくりかえしました。

「ハイジがアルプスにもどってきて、ほんとうによかった！」

みんなの笑顔《えがお》を見《み》て、ハイジの心《こころ》にも幸《しあわ》せな気持《きも》ちがあふれてくるのでした。


（おわり）

物語《ものがたり》と原作者《げんさくしゃ》について

ハイジのやさしさと、アルプスの自然《しぜん》の力《ちから》

編訳《へんやく》・松永美穂《まつながみほ》

『アルプスの少女《しょうじょ》ハイジ』は、スイスの女性作家《じょせいさっか》ヨハンナ・シュピリが今《いま》から百《ひゃく》四十年《ねん》も前《まえ》に書《か》いたお話《はなし》です。このお話《はなし》を書《か》いたとき、シュピリはもう五十歳《さい》をこえていましたが、本《ほん》が出版《しゅっぱん》されるとたちまち有名《ゆうめい》になりました。そして、ハイジのお話《はなし》は五十以上《いじょう》もの言語《げんご》に翻訳《ほんやく》されて、世界中《せかいじゅう》で親《した》しまれるようになったのです。

ずいぶん前《まえ》に、外国《がいこく》で書《か》かれたお話《はなし》なのに、ハイジの物語《ものがたり》はちっとも古《ふる》ぼけてはいません。今《いま》読《よ》んでも、ハイジの心《こころ》の動《うご》きがひしひしとつたわってきます。

ハイジのお父《とう》さんとお母《かあ》さんは、ハイジがまだ赤《あか》ちゃんのころに死《し》んでし

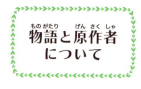

まいました。これはとても悲《かな》しいことですが、おばさんに引《ひ》きとられたハイジは、かしこくてすなおな子《こ》どもに育《そだ》っていきます。そして、おばさんの仕《し》事《ごと》の都合《つごう》で、五歳《さい》の時《とき》におじいさんにあずけられます。おじいさんはまわりから気《き》むずかしいと思《おも》われていましたが、実《じつ》はやさしい人《ひと》でした。明《あか》るくて、好奇心《こうきしん》の強《つよ》いハイジは、山小屋《やまごや》でのくらしをいやがることもなく、ほし草《くさ》のベッドに大《おお》よろこび。牧場《まきば》の花《はな》をつみ、ヤギたちと遊《あそ》びます。元気《げんき》いっぱいで心《こころ》のやさしいハイジは、ペーターやおばあさんなど、まわりの人《ひと》たちの気《き》持《も》ちをどんどん明《あか》るくしていきます。これだけでもすてきなお話《はなし》なのですが、物語《ものがたり》の大事《だいじ》なポイントは、ハイジがフランクフルトに行《い》き、またアルプスにもどってくることです。

フランクフルトはドイツの大都市《だいとし》です。たくさんの人《ひと》が住《す》み、にぎやかなところですが、ハイジの大《だい》すきな自然《しぜん》はありません。当時《とうじ》はドイツが発《はっ》てんし、都市《とし》

作者《さくしゃ》のヨハンナ・シュピリ

時事通信フォト

がどんどん大《おお》きくなっていた時代《じだい》でした。そんななか、原作者《げんさくしゃ》のシュピリは自然《しぜん》から切《き》りはなされたハイジが病気《びょうき》になるすがたをえがき、アルプスの自《し》然《ぜん》には人《ひと》をいやす力《ちから》があることをしめします。スイスの高地《こうち》は実《じっ》さいに病気《びょうき》治療《ちりょう》にいいとされ、さまざまな療養所《りょうようじょ》がつくられました。

　思《おも》いやりにあふれるハイジは、はなれていてもペーターのおばあさんのことを決《けっ》してわすれません。ハイジがアルプスにもどることで、まわりの人《ひと》たちはとても幸《しあわ》せになります。ペーターは字《じ》が読《よ》めるようになりますし、クララは歩《ある》けるようになり、医者《いしゃ》のクラッセン先生《せんせい》もなぐさめられます。そしておじいさんも、村《むら》の人《ひと》たちとまたなかよくなれるのです。ハイジは「愛《あい》をあたえること」の大切《たいせつ》さを、わたしたちに教《おし》えてくれます。

　ハイジは日本では大人気《だいにんき》。アニメや映画《えいが》でもおなじみです。この本《ほん》ではお話《はなし》を短《みじか》くまとめましたが、原作《げんさく》には、ほかにもゆかいなエピソードもいっぱいつまっています。いつかぜひ、完訳《かんやく》も読《よ》んでいただけるとうれしいです。

なぜ、今、世界名作？

監修／千葉経済大学短期大学部こども学科教授　横山洋子

★世界中の人が「太鼓判」！

なぜ名作といわれる作品は、時代を越えて読み継がれるのでしょうか。古いなあと感じることなく、人の心を打つのでしょうか。それは、名作といわれる物語には、人が生きることの本質を射抜く何かがあるからでしょう。生きるとは、楽しいことばかりではありません。苦難に遭い、歯を食いしばって耐えなければならないことも当然あります。これらの作品は、私たちに生きる勇気を与えてくれます。「人生をもっと楽しめ」、「強く生きよ」、と励ましてくれるのです。

読んだ人が「おもしろい」と言ったことが口コミで広がり、「そうかな？」と思って読んだ人が「やっぱり読む価値がある」と思った作品。つまり名作には、世界中のたくさんの人々が、「お勧め！」「太鼓判！」と感じた実績があるということ。いわば、世界の人々の共有財産なのです。

★グローバルな価値観を学び取る

また、世界各国の作家による作品にふれるうちに、その国の事情を知り、歴史を知り、文化、生活についても知ることができます。何を大切にして生きているのか、というグローバルな新たな価値観も学び取ることができるのです。広い視野をもち、多様な感じ方、考え方をふまえた上で、自分はどう思うのか、どう生きていくのかを子ども自身が思索できるようになるでしょう。

★人生に必要な「生きる力」がある

10歳までの固定観念にとらわれない柔軟な時期にこそ、世界の人々がこぞって読んでいる作品にざっくりとふれ、心を動かし、豊かな感性で「こんな話もあるんだ」とインプットしてほしい。そして、中高生になったらもう一度、次は完訳の形で読み、さらに作品の深い部分をじっくり味わってほしい、と思います。名作を読んで登場人物と同化し、一緒に感じたり考えたりすることでできる疑似体験は、豊かな感情表現や言語表現、想像性の育ちにもつながるでしょう。

名作の扉を一冊ひらくごとに、きっと、人生に必要な「生きる力」が自然に育まれるはずです。

編訳　**松永美穂**（まつなが　みほ）
翻訳家、早稲田大学文学学術院教授。主な翻訳に『朗読者』（新潮社、毎日出版文化賞特別賞受賞）、『マルカの長い旅』（徳間書店）、『マグノリアの眠り』（岩波書店）、『ヨハンナの電車のたび』（西村書店）、『マルテの手記』（光文社）などがある。

絵　**柚希きひろ**（ゆずき　きひろ）
愛知県生まれ。マンガやゲーム、雑誌、単行本などで活躍。作品に、『あしながおじさん』（角川書店・別名義）、『10歳までに読みたい世界名作①　赤毛のアン』（学研プラス）などがある。

監修　**横山洋子**（よこやま　ようこ）
千葉経済大学短期大学部こども学科教授。幼稚園、小学校教諭を17年間経験したのち現職。著書に『子どもの心にとどく指導法ハンドブック』（ナツメ社）、『名作よんでよんで』シリーズ（お話の解説・学研プラス）、『10分で読める友だちのお話』『10分で読めるどうぶつ物語』（選者・学研プラス）などがある。

写真提供／ドイツ観光局、学研・資料課、©claudia

10歳までに読みたい世界名作9巻

アルプスの少女ハイジ

2015年2月18日　第１刷発行
2022年5月12日　第13刷発行

監修／横山洋子
原作／ヨハンナ・シュピリ
編訳／松永美穂
絵／柚希きひろ
装幀・デザイン／周 玉慧

発行人／小方桂子
編集人／工藤香代子
企画編集／松山明代　寺村もと子　髙橋美佐
編集協力／入澤宣幸　勝家順子
ＤＴＰ／株式会社明昌堂
発行所／株式会社学研プラス
〒141-8415 東京都品川区西五反田2-11-8
印刷所／株式会社広済堂ネクスト

●この本に関する各種お問い合わせ先
本の内容については、下記サイトのお問い合わせフォームよりお願いします。
https://gakken-plus.co.jp/contact/
在庫については　Tel 03-6431-1197（販売部）
不良品（落丁、乱丁）については　Tel 0570-000577
学研業務センター
〒354-0045　埼玉県入間郡三芳町上富279-1
上記以外のお問い合わせは
Tel 0570-056-710（学研グループ総合案内）

NDC900　154P　21cm

物語《ものがたり》を読《よ》んで、
想像《そうぞう》のつばさを
大《おお》きく羽《は》ばたかせよう！
読書《どくしょ》の幅《はば》を
どんどん広《ひろ》げよう！

シリーズキャラクター
「名作《めいさく》くん」

また、あおう!